ホームレス・ホームズの優雅な0円推理

森　晶麿

富士見L文庫

Homeless Holmes's Graceful Zero yen Inference

CONTENTS

プロローグ

　さてさて、物語が幕を開けた。ところが、作中人物ではなく、おせっかいな語り手が話し始める。「どうしたわけだ？　タイトルにある者を早く出せ」とのお叱りごもっとも。しかし、しばしお待ちいただきたい。この語り手は、これから語られる〈事件〉に関わる出来事を、江戸時代にまで遡《さかのぼ》って述べておきたいのである。

「いぬ」「いないのかい」「いやいるとも」「いるのかいないのか、どっちなんだ八《はっ》つぁん」なんてやり取りがあったかどうかはよく分からないくらい昔、宝永六年の話だ。徳川綱吉《とくがわつなよし》がいわゆる成人麻疹《ましん》で病床に伏している頃のこと。その数年前に「生類憐《あわれ》みの令」なる悪法を世に発布したことで著しく評判を下げた犬公方《いぬくぼう》は、歳も歳ゆえ後は朽ちるがままよと投げやりな気分になりつつも、せめて痒《かゆ》いのは何とかならぬかと医者をとっかえひっかえしていた。

　その一人に、蔦野諒庵《つたのりょうあん》という町医者がいた。江戸《えど》の城下ではちょっとした名医と言われていたが、医術は神の授けたものゆえと、救う命も己で決めていた。高慢な姿勢ながら、施術を受けた者は十中八九助かるというので、評判が評判を呼んでついにその噂が徳川将軍の元にまで届いたわけである。

ところが、この諒庵、城に呼ばれたものの、身体じゅう星の数ほどのぶつぶつに覆われた犬公方を診療後、処方もせずにすぐに帰り支度を始めた。

「恐れながら『病膏肓《やまいこうこう》に入《い》る』と申しまして。膏肓に入った病は、いかなる名医でも取り除くこと能《あた》わず。時は金なり。拙者は次の患者の診療を、綱吉公は一刻も早くご祈禱《きとう》に執心されるのが道理かと」

この態度には綱吉公もふだん滅多に立てぬ腹を立てたが、そこは犬のこと以外では寛大な犬公方、怒ることなく褒美を取らせた。

「ほかの医師が言わぬことを堂々と言う男じゃ。褒美に、そちに〈化け犬〉を授ける。喜ぶがよい」

蔦野は深く頭を下げて〈化け犬〉を連れ帰ると、家の者に命じた。

「この薄気味の悪い〈化け犬〉を蔵の一番奥にしまえ」

「されど、これは徳川家からの頂き物。家宝にすべきものか、と」

「わからぬか。これは褒美と見せかけた呪いぞ。座敷に上げれば、末代まで祟《たた》られるは必定。かと申して、捨てたと知れれば、打ち首の刑。ゆえに蔵だ。蔵の奥深くに隠し、二度と出してはならぬ」

綱吉公がこの世を去ったのは、一カ月後のこと。その骸《むくろ》を見る者は、皆身体のどこかが痒いような気持ちになったということである。

――と、以上が、これから話す現代の東京で起こった〈事件〉に関わりのある江戸期の出来事である。しびれを切らしつつここまでお読みいただけたことに感謝を示しつつ、語り手はいったん煙の如く姿を消すこととしよう。物語の舞台は現代、東京の上野《うえの》である。

「それで、ワトスン嬢」

「『嬢』なんてよしてよ。性別は関係ない。ボクはボクなんだから」

シャーロックはシニカルに片方だけ眉《まゆ》を上げてみせる。眉の上がっていない片方は賛同、上がっているもう片方は皮肉。そんなとこかな？

「では、ワトスン君」

「なあに、シャーロック」

「君は、蔦野医科大学の八階〈ルームD〉に残されていた巨大な血の足跡が、犬のそれだったと断言できるのかね？」

シャーロックはパイプの煙を燻《くゆ》らせながら尋ねた。ここは彼の秘密のアジト。暖炉では薪《まき》がバチバチと悲鳴を上げ、実験コーナーではさっきから得体の知れない液体がアルコールランプに炙《あぶ》られて気泡を立てて少しずつ変色しつつある。わずかな異臭が混じっているけど、シャーロックがそれを気にする気配はない。彼にとっては、いつもながらの実験に過ぎないんだろうな。

「間違いないよ。咆哮《ほうこう》も聞いたし」

ボクはたしかにこの耳で聞いたんだ。耳介と外耳道とで拾い集めた音で振動する鼓膜の動きを、耳小骨が蝸牛《かぎゅう》の中に伝えて、それからええと……とにかく、その音はボクの耳に到達して、〈咆哮〉フォルダに入れられたんだ。

「咆哮だけで犬と断じるのか？　吠《ほ》えるのは犬だけじゃない」

「ほかにもあるよ。血痕《けっこん》でできた足跡がイヌ科のそれ」

「イヌ科のそれ、というと？」

「小さな指球が四つ、それとハート型の足底球が一つ」

「前足かね？　後ろ足かね？」

「え……そこまでは……」

「足跡の数は？」

「答案用紙四枚に一つずつ。くっきりしているのは一つ。あとの三つはそれより薄れてるけど……」

「犬が四本の足すべてで血痕を踏んだのか？　四つのうちのいくつか、あるいは一つだけがその四枚の答案用紙に足跡をつけた、という可能性は？　君の目は何を見てきた？　それで探偵の助手でも気取る気か？」

「こわーいこわーいこわいよシャーロック。こわいとモテないよ？」

ボクはシャーロックのほっぺを引っ張った。シャーロックは「よせ」と目を瞑《つぶ》ってボクの手を振り払う。ダメか。

ちょうどそこへフラスコの中の珈琲《コーヒー》が沸く音がする。すぐさまシャーロックは立ち上がってそれを注ぎ入れた。

「珈琲でも飲んで、脳をもっとクリアにしたほうがいい。このままじゃ、君は助手というより、お邪魔虫だ」

「うわぁーひどっ！　ワトスンなのに！」

「名乗るだけなら詐欺師にでも雇ってもらえ」

シャーロックは百年前の貴族のような仕草で珈琲を二つのカップに均等に注ぎ入れた。

路上生活者にそぐわず優雅で気品に満ちている。

路上生活者。

書き間違いじゃないよ。

そう、この男は国家に認定された住居を持っていないんだ。

「ちなみに、君は前足と後ろ足の知識をごっちゃにしているようだ。犬の前足にある小さい四つの肉球は指球、大きいのを掌球という。あと、これは足跡には残らないが、少し離れた位置に手根球というのもある。そして後ろ足の小さな四つの肉球は趾《し》球、大きな肉球は足底球という。前足の掌球と後ろ足の足底球とでは、足底球のほうが若干大きいことでも知られている」

「そうなんだよね、それ言おうと思ってたやつ」

「嘘をつけ。それで、その四つのどれが前足でどれが後ろ足なのか、そんなことも調べてこなかったわけか？」

「うん、そこまではちょっと」

嘆かわしい、と言ってシャーロックは頭を抱えながらボクに珈琲を手渡した。受け取って珈琲を口に運ぶ。熱っ！　猫舌なの忘れてた。

「だって、そんなことに気が回らなくなるくらい大きかったから」

そうなんだよ。この犬の足跡っていうのが、本当に熊の大足並みに巨大だったんだ。

「言い訳だね」

「まあ、言い訳だけどさ」

「予想はつく。どうせ、『バスカヴィル家の犬』のことでも思い出したんだろう？」

「うっ……痛い、心臓が痛い……」

図星すぎた。ボクはその足跡を見たとき、まさにシャーロック・ホームズものの長編小説『バスカヴィル家の犬』のことを思い出したんだ。何しろ、あの小説に登場する〈魔の犬〉を彷彿《ほうふつ》とさせるくらい、その足跡は巨大だったし、何よりその建物の下に広がる庭園には、〈ルームD〉から転落したと思《おぼ》しき死体があったんだから。

だから、この事件について話すなら、そのもう少し手前から話し始めなきゃね。物事には順序がある。そそっかしいボクはよく順序を間違えてしまうんだ。でも大丈夫、ボクはまめに記録をつけているから。まあ昨日からつけ始めたんだけどね。

とにかく、これから、昨日の手帳の記録を紹介していくことにしよう。

発端は、昨日の午前。蔦野医科大学の合格発表日。ボクにとって重要な日だった。だって、偉大なるジョン・H・ワトスンと同じように、医師になれるはずの日だったんだもん。本当だよ。絶対にそうなる「はず」だったんだ。いま思い返しても、悪夢としか思えない。ボクが目にした試験の結果も、その後の何もかも。

〈魔の犬〉を思わせる足跡や咆哮は、きっと昨日の悪夢全体を表す〈しるし〉に過ぎないのかも。今では、そんな気がしてしまうんだ。

第一章　ワトスン、合格せず

二月某日午前十一時——。

「ジョン・H・ワトスンは二十一世紀の東京の令嬢に転生す」

日課のように、ベッドで目を開けるとまずそう呟《つぶや》いてみた。毎朝、いつも本当にそうだったらいいなって思う。こう願う間にだけ、ボクの手元に現実がある気がする。頭の中には、いつもロンドン、ウェスト・エンド地区にあるベイカー街221番Bの二階の続き部屋があるんだ。名探偵が長らく間借りしているその空間は、二つの寝室と風通しのよい居間で構成されてる。ボクはその空間で、シャーロック・ホームズと寝食を共にしている。

心配性の執事の叢雨《むらさめ》あたりがこの手帳を留守中に盗み見て、いよいよボクの頭が変になったのでは、なんて心配してもいけないから一応書いておくと、ボクはべつにおかしくなったりはしていない。

「として」の構造は人間の精神をラクにするんだよ。ワトスン「として」生きることは、言ってみれば社会不適合者が路地裏で一発キメるようなものなの。あ、この表現を見たら叢雨はきっと卒倒してしまうかな。まあいいや。

とにかく、そんなわけで、ボクはワトスンとして目覚める。

冬の部屋の空気は冷え切っていて、今にもボクの息の根を止めにかかろうとしているみたいだった。

でも冬は好き。とくに寒すぎない冬の朝は。あらゆる菌の繁殖はまだまだ停滞しているし、かといって古傷もさほど痛まない。例年なら少しばかり布団から飛び出すのが嫌になる頃だけれど、今日ばかりは飛び起きた。

何しろ、今日は運命の決まる重要な日なんだ。医学部の受験は二週間前に終わった。手ごたえはじゅうぶん。今日は合格発表日。たぶん合格する。ジョン・H・ワトスンと同じ、医師になる道を進むことになる。そうなれば、声を大にして「ボク、岩藤《いわとう》すずはワトスンだ！」って宣言して歩いてもいいかも。いや、やっぱり叢雨が泡を噴くかな。そんなことを考えていると、ドアの向こうでその叢雨の声がする。

「お嬢様、すずお嬢様。いつまで夢の世界におられるおつもりですか？」

叢雨の声はいつも説教の匂いがする。もっと愛嬌《あいきょう》のある言い方をすれば、ボクが庭に水やりをする叢雨の頭上から水をかけるような悪事をする回数も少しは減るだろうに。

「岩藤すずは留守でーす」

ボクは好物のアプリコットジャムをスプーン山盛り一杯口に入れる。この甘酸っぱさが口内に残っている間はドアを開けないでおくって決めてるんだよね。どうせ「また部屋でおやつなんてはしたない！」とか何とか言うに決まってるからね。そうでなくとも、叢雨はボクのやることなすことに何か言おうと構えているんだもの。

あれで小言さえ言わなければ、あんな美しい男はいないんだけどね。外見はパーフェクト。中身は小姑《こじゅうと》。これどこに需要あるのかな？　来世でいい中身になれたらいいね。

「そろそろ合格発表のお時間でございます。お車のご用意ができました」

合格発表は今日の正午からだ。

「いらなーい。電車で行くもん」

我が家は巣鴨《すがも》駅徒歩三分の距離にある。蔦野《つたの》医科大学のある上野《うえの》駅までは電車で十分の距離。いちいち車を出してもらうまでもない。

「足かけ十年申し上げている台詞《せりふ》を繰り返させる気ですか？　東京の街は危険がいっぱいでございます！」

叢雨が執事としてやってきたのが、ボクが八歳の時だから、今年で十年か。そう考えるとけっこう長い付き合いだね。

「車なら安全？　横から車に突っ込まれたら？　このあいだ、そういうニュースを見たよ」

「私が上手に対処します」

「うわぁ、過保護ぉ……。ボク一人で動いたほうが上手に対処できるよ」

「お嬢様、ご自分のことをボクなどと呼ぶのはおやめください」

「じゃあ、ワシ？」

「もっといけません！」

「とにかく一人で平気だって。そんな心配ばっかりしてると、ママって呼んじゃうぞ？」

ボクは鏡台の前に立つと、大急ぎでシャツを着こみ、チェックのチョッキ、黒のスーツと外套《がいとう》を着てからドアの前でヨーイドンの構えをした。

「お嬢様、開けますよ、いいですね？」

カウント１。

「着替えの最中なのに？」

カウント２。

「な……何と、これは失礼を……」

カウント３。

ボクはドアを開けるが早いか、そのまま背の高い叢雨の脇の下を潜り抜けて廊下を駆け出した。

「お嬢様！」

背後から追ってくる声が聞こえる。

「脇が甘いよーん」

「何ですか！　そのしょ……ショートパンツは！　裸同然です！　風邪をひきますよ！」

ショーパンで風邪をひくならJKをやめるね。いやもうJK終了秒読みだけどさ。それにボクのは十九世紀からイギリスで愛されたDAKSのショートパンツだから、ワトスンだって文句言わないでしょ。まあ、ボク自身が今はワトスンなんだけど。

そもそも、なぜボクがワトスンでなければならないのかというと、簡単な話で、シャーロック・ホームズの復活を信じているからなんだ。コナン・ドイルはホームズの死を描いていない。ということは、虚構の中でホームズは生き続けたっていいし、転生したっていいわけ。

それに、どんな形かはわからないけど、ボクは近い将来ホームズに会える気がするんだよね。毎日頭の中ではホームズに話しかけているし、先日なんかはセンター試験の最中に数学の問題に頭を悩ませていたら、「初歩だよ、ワトスン君」なんて語りかけてきたくらいだから、もうほぼいる。

でも、こんなこと、よそでは絶対に言わない。叢雨にバレたら精神科に通わされるのが目に見えているし、友人に話したら「幻覚が見えてるの？」とか聞かれるに決まっているもの。

でも不公平じゃない？　クラスメイトはみんなアイドルの話で大盛り上がりじゃん。あれだって、テレビやネットの動画を通して「いる」ことになっているだけで本当にいるかどうかなんてわからないし、たとえ本当にはいないのだとしたってあなたたちは何も困らないんじゃないのって思う。

　ボクの追い求めるものが現実に存在しようがしまいが、そんなことが何だっていうの？　大事なのは、存在すると仮定して行動すること。数学でもそうでしょ？　仮定することで初めて解ける問題がある。

　実際、センター試験で高得点をたたき出せたのは、ボクの〈脳内ベイカー街〉に住んでる〈脳内ホームズ〉のお蔭《かげ》だし。

　だから、ね？　ホームズはいるの。

　この世界は白と黒で決着をつけるオセロみたいなモノトーンでできているわけじゃない。カラフルな世界には、カラフルな才能が存在して然《しか》るべきだと思わない？　と言っても、灰色の頭脳をもつエルキュール・ポワロを否定しているわけじゃないからね。

　そうではなくて、ボクはただ大胆不敵で不遜《ふそん》で、退屈病で、薬物依存、煙草依存の、どうしようもないあのシャーロック・ホームズを待ち望んでいるんだ。ホームズって、深い絶望の後に、からっぽになりながら、それでも生きていくために探偵をやってたんじゃないかな。あらゆる欲望から距離をとりながら、唯一絶対の真理を追っている時だけ、つかの間彼は生を実感できた男。まあそんな男はこの世の中には絶対いないだろうけどね。

　あ、こういうとボクがホームズに理想の男性像を見てるみたいに思われるかも知れないけど、違うから！　ボクは異性愛者でも同性愛者でもない。性別を問わず、人間が嫌い。女の子はかわいいしいいものだなと思うけど、人間としてお付き合いしたいと思ったことはまったくない。男はしょうじき論外。あ、叢雨がっかりしないで。あなたは執事だから。あらゆる性別の外に置いてあげる。

でも、もしもホームズみたいな奴が実際にいれば、その人には初めて心を許すことができるかもね。恋愛とは違うだろうけど。

まあそんなわけで、ボクは今日もワトスンとして外出したよ。四月から医学生になるんだし、今まで以上にワトスンにならないとね。今日がその一日目になるはず――だった。少なくとも、大学に着くまでは、ボクの気分は完全にジョン・H・ワトスンだった。グレゴール・ザムザがある朝芋虫《いもむし》に変わったみたいに、ボクの気分はすっかりワトスンそのものだったんだ。

それなのに――。

山手《やまのて》線に乗っている間はまだ気分は上々。これから待ち受ける未来の冒険を思えば、味気ない東京の雑多なビル群さえボクを祝福しているかに見えた。

幾何学的な街並みがボクに教えてくれるのは、この街に正解なんかないってこと。澱《よど》んだ空気と偽物の愛と勇気の寄せ集め。この表皮の下に、ボクはベイカー街を幻視してる。いまこの世界が必要としているのは、たった一つの真実を伝える使者。嘘っぱちでも、真実の確かな手触りを届けられる者じゃないかな。だから、ボクがまずワトスン完全体にならなくちゃね。そうすれば、ホームズが降臨するはずだもん。

妄想が過ぎるかな？　でもまあ仕方ないよ。何しろこの一年は、無心に勉強を続けてきたもの。私立蔦野医科大学は、模試ではつねにA判定だったけど、念には念を入れて一日十五時間は勉強に充《あ》てたんだ。すごくない？

高三のはじめの段階で、国公立と私立を一校ずつ受けることは決めてた。それぞれ都内でトップの大学だよ。

でも国公立のほうは自信がなかったんだ。ずっとB判定だったし、九科目受験だから、苦手科目で差をつけられる恐れがある。だから、地歴を選択しなくていい私立トップの蔦野医科大が実質的な第一志望だったんだ。もちろん、ボクは合格を確信してた。

上野駅で降りたのは、昼近かった。今日ばかりは、この駅で降りる多くは受験生みたいだった。皆、不安と期待の入り交じった顔で、それでも先を急いでいるのは、その先に未来があるから。

テストの点数だけで判断されるのって、考えようによっては酷なことだよね。

たとえば、ボクの前を行く女の子はとてもかわいい。（よくみると見覚えのある子だ。たしか、受験の時、後ろの席にいた。ボクの受験番号が２２１だから２２２番だった子。スタイルも容姿も抜群な上に、ファッションに隙がないからよく覚えていた）これで男子が惚《ほ》れないわけがない。

それでも、だよ。それでも、生憎《あいにく》彼女のテストの出来が悪ければ、数分後に彼女は悲嘆に頬を濡《ぬ》らして上野から去ることにもなるんだよ。

でもそれが運命なら仕方ないよね。ジャムを一舐《な》めすれば嫌なことは忘れられるよ。ボクはいつもそうなんだ。その昔、母上の葬儀の時に父上が言ってたよ。ジャムを舐めろって。口の中からジャムが消えてしまっても、この甘さは嘘じゃないんだ、嘘じゃないんだよ。だから、忘れてしまっていいんだってね。

なんだかよくわからない理屈ではあった。甘さは嘘じゃないから忘れていい？　嘘じゃないから覚えてなきゃいけないんじゃないの、ってその時は思った。でも、人間って不思議なもので、時が経つとぼんやり見えてくることもある。そのくせはっきりとはわからないままなんだ。まるでロンドンにかかった霧みたいな感じ。

だから、とにかく嫌なことがあったらジャムを舐めればいい。彼女がもしも不合格に悲しんでいたら、そう教えてあげようっと。おせっかいかな？　ボクは人間嫌いのくせに、かわいい女の子にはつい優しくしてあげたくなる病気なんだ。

そうこうするうちに、蔦野医科大学の門が見えてきた。赤煉瓦《あかれんが》越しに聳《そび》え立つ明治期より変わらない白塗りの和洋館。門に刻まれた二本の交差したメスを象《かたど》ったエンブレムは、医大を目指す者にとっては憧《あこが》れの象徴。その外観は白い巨塔も真っ青なほど真っ白い。

白い城は、大学棟と研究棟、大学病院棟の三つから構成されており、周囲には鉄条網が張り巡らされたうえに、番犬として世にも恐ろしきマスティフ犬が東門、西門に各一匹ずつ配され、夜な夜な不審者に目を光らせていた。

あああああだんだん緊張してきた。

間もなくワトスン。ボクは内心でそう唱えながら門を通った。左手に見えるのが、大学病院棟。右手の二つが、研究棟と大学棟。事務局の掲示板があるのは、研究棟のほうだった。

さて、ワトスン完全体、五秒前、四、三、二、一。

ボクは当たり前の結果を確かめるべく、掲示板の前に立った。本当は見なくてもわかってるんだけど、まあ折角来たわけだし……。

「え？」

我が目を疑うことになった。なぜなら、ボクの受験番号２２１番——この番号は期せずしてホームズの住んでいた下宿のある番地と同じだ——がなかったからだ。

２１９の次が、飛んで２４５だった。

ここまできれいに飛ばされていると、笑うしかない。

はは……ははは。

いや待ってよ。ちょっと……嘘でしょ？

でも何度見てもないものはない。２１９の次は、飛んで２４５。２４５なんだよ！

「ええと、つまり？」

つまり——。

ボクは、どうやら不合格だったようだ。

さて、ここまでが岩藤すずの午前中の記録である。すずは、これを大学前にあるレトロな雰囲気のカフェに入って一気に書き記した。記録は時に何よりも重要な証拠となる。

ここでこのように語り手が登場するのは、岩藤すずの記録に、ある客観性を付与するためである。たしかに彼女は不合格であった。彼女の見間違いではない。ただし、だからと言って、これは彼女の努力が空回ったことを意味するのではない。

まず俯瞰《ふかん》的な情報を述べるのならば、この都市の性質について広く知らせておくべきことがある。この都市はさまざまな不公平を押し隠している。また不公平の下には暗黙の差別感情がある。それから、治安のいい都市という顔の下には、欲望と暴力とが渦巻いている。それらを法治の外に放置させる独特の雰囲気が、あたかも妖怪《ようかい》のごとく漂っている。ロンドンのようにはっきりと立ち込める霧ではなく、あらゆる不都合を巧妙に覆い隠す見えない霧だ。

　これから間もなく起こる事件は、こうした都市の性質と無関係ではない。そして、この時の岩藤すずの、いささか不可解な〈不合格〉という小さな出来事も、これから起こる事件と無関係ではなかったのである。といったところで、岩藤すずの記録に戻ることにしよう。


　信じがたい！　嘘でしょ！

　合格発表を掲示板で確かめた後、ボクは大学前の壊れた懐中時計みたいな雰囲気のカフェ〈蔦《つた》からくり〉にいてジャムを舐めながらショックが去るのをじっと待っていた。

「ジャムを小皿に少し」と当たり前のように頼むと、マスターらしき片眼鏡の男性は怪訝《けげん》な表情を浮かべた。

「ジャムだけですか？　パンなどをお付けしましょうか？」

「いえ結構。胃袋が受け付けそうにないもの」

「ローズジャムでよろしいですか」

「何でも結構。今すぐ舐めないと死んじゃいそう」

「かしこまりました。当店自慢の珈琲《コーヒー》もお付けしますね。私からのサービスです」

「わーいありがとございまーす。でもとにかくジャムをまず……」

頷《うなず》くと、店主はまず手早くローズジャムとやらを小皿に載せて、小さなスプーンを添えてカウンターに運んできた。ボクはすぐにそれをひと掬《すく》い舐めた。ツルゲーネフの詩みたいに甘くて上品な味わいだった。

落ちた、落ちた、落ちた、とそればかりが脳を占めていたのが、徐々にそれらの文字群が取り払われ、事態への客観性に目を向け始める。ジャムのお陰でようやく理性が戻ってきたよ。

そして、うん、やっぱり、おかしい。

回答は、問題用紙にも書き込んでおいたし、持ち帰って自己採点もした。自己採点では、過去のデータと照らし合わせるかぎり余裕で合格圏内にあったんだよ。

もちろん、今年が、例外的に競争率が高くて平均点も異常に高かったということかもしれない。その可能性は否定できない。ただ、過去問題集を解いてきた身としては、今年がとりたてて例年より簡単だったという感触でもなかったんだ。むしろ難しかったくらい。

「なんでボクが落ちたの？」

その独り言を聞きつけた店主は微笑んだ。

「毎年、この時期になると、あなたのように呆然《ぼうぜん》とした子がこの店にやってきて、同じように呟《つぶや》いています。みんな自分が落ちるなんて夢にも思ってなかったって顔をしてね。でも、現実を受け入れて一日でも早く新しい一歩を踏み出すのが大切です。落ちたこと自体は重要じゃないんですから」

「うんそうですよねぇ」棒読みで答える。

なるほど、店主の言うこともたしかだろう。ボクだって賛同できる。ジャムを一舐めして忘れてしまえばいいことなんだよねきっと。それにボクの独り言が、よくいる不合格者の逆恨みにしか聞こえないのだってことも理解できる。

でも、そうじゃないの。何て言ったらいいのかな……。

「でも、ボクは受かっているはずなんですよぉ」

こういうことは、たとえ自己採点をした問題用紙を見せたところで、なかなか立証しがたい。大学事務局に言い募っても、まずもって相手にされないに決まっている。

「なるほど。じゃあ、何かの手違いがあった、と?」

「恐らくは」

「何にせよ、大学は間違いを認めないでしょうね」

このマスターは、同じような諦観《ていかん》をいろんな学生に話してきたのだろう。それ自体が彼の人生観なのかな。きっとこの人も、いろんな挫折《ざせつ》を人生で味わってこの店に辿《たど》り着いたんだろうね。

ボクは珈琲を飲み干した。

「ごちそさまですー。おかげで、脳みそがクリアになりました」

「それはようございました。受験、また頑張ってくださいね」

ボクは手袋をはめている右手でその場に一万円札を置いて店を出ようとした。

「あ、ちょっと、お釣りがまだでございます」

「ごめんね。我が家の決まりで、お店で払う時はお釣りをもらっちゃいけないんだ」

叢雨が決めたことだった。なんかもったいないルールだなってボクは思うんだけどね、叢雨はそれが世のため人のためだって。だけど、このやり方だとボクの小遣いは月々二十万円だから、二十回しかカフェに入れない計算になる。まあいいけどさ。

店を出ると、ふたたび大学の門を潜った。芝生が左右に広がる舗装された道をまっすぐ進んで、右手に見える八階建ての研究棟の前で立ち止まった。さっき合格発表を確かめた場所ね。その掲示板の脇にドアがあって、上に事務局と書かれてあった。

三カ月前、願書を出すときにはこの事務局を訪れたんだよね。あの時は、こんな惨めな思いでもう一度訪れることになるなんて夢にも思わなかったけど。

ドアを開けると、カウンターで女性の事務員が泣きじゃくる女の子の対応に手を焼いているところだった。さっきボクの前を歩いていた女の子だ。そっか、彼女も落ちてたね。

「信じられません。私は絶対に受かっていたはずなんです！」

　彼女の強い口調に、事務員も弱り果てていたけど、それで人情的な対応をするかといえばそうではなくって、飽くまで面倒を避けようとしている様子がありありと伝わってきた。

「合否判断は公正かつ厳正な審査の結果ですので、ご了承ください」

「どこが公正なんですか？　九割とってるんですよ？」

「自己採点では何とも……」

「合格者の平均点は後日発表されるんですよね？」

「それは出ますが、あなたが合格のボーダーラインを越えていたと主張されても、自己採点では証拠には……」

「テストの答案用紙はそちらにあります。それを見せていただければわかるのではないでしょうか？」

　かわいいだけじゃない。口調もはっきりしている。好感の持てる子だ。推せる。

「一度提出された答案用紙は開示できない決まりですので、それはできません」

「おかしいじゃないですか。私本人にくらい見せたっていいはずです」

「そのような特別措置は致しかねます」

　決まりにないことはできない、という極めてお役所的判断。まあ、その判断自体は予想どおりだったけど。彼女のおかげで、事務局に直接訴えるなんて愚策を施す手間が省けてよかった。

ボクは彼女の肩に手を置いた。

「こんな人たち相手にしていても埒《らち》が明かないよ。行こう」

「離してください！　この人たちがおかしいんだから！」

興奮している彼女はボクの手をふりほどこうとする。結構力もある。

その時ボクは、事務所のカウンターの奥で、部長らしき男の人が口元を押さえて電話をかけ始めたのを見た。たぶん警備員を呼んだんだろう。ゲートにいる警備員が来るまで十秒とはかからない。やばいな。

ボクは声を落として彼女の耳元で囁《ささや》いた。

「間もなく警備員が君を連れ去りに来るよ」

「じゃあどうすれば……？　このままじゃ気が収まりません！」

「それ、ボクも同じ」

「え？」

ボクは彼女の腕を掴《つか》んで事務局の外に出た。マスティフ犬を連れた警備員が入れ違いに入ってくる。彼女をゲートの外へと引きずって行きながら耳打ちをした。

「はじめましてじゃないよ。ボクと君は受験番号が並びだった。ボクが２２１番で、君が２２２番」

「あ！　思い出したわ！」

覚えていてくれてよかった。

「ボクも不当に不合格にされたんだ。これにはきっと何か裏がある。だから、ね？　ボクがかならず真相を導き出すから、ちゃんといい子にしてるように」

「どうやって調べるの？」

「それはね……これから考える」

ボクはワトスンだから、解決は役目じゃない。でも、ホームズはいつもワトスンの行動力には敬意を表してくれていた。動けば世界は変わる。動いてみなくちゃね。

「とにかく、ここはボクに任せて。あ、でも一つだけ確認。君は自己採点をしたんだよね？　その結果の点数は？」

「五科目総合で四百七十三点。例年の合格点より二十点も高いわ」

「だね。ボクよりは低いけど！」

「あなたは何点だったの？」

「なんとなんと自己採点で四百八十三点！　なのに、不合格！」

「あり得ないわ！」

「そう。有り得ないことが起きているんだ。だから、解明しなくちゃならない。できるだけ、うまいやり方でね。ボクに任せて」

彼女は仕方なさそうに頷いた。きゅっと下唇を噛《か》む仕草が、たいそう愛くるしかった。

本当に推せる。

「君、名前は？」

「佐野真凜《さのまりん》。あなたはどうして自分のことをボクって言うの？」

「それいい質問。女性の一人称が少なすぎることに抗議をしているんだよ。テヘペロ」

嘘だったし、あまりうまい嘘でもなかった。

「それより、君の連絡先を教えて」

彼女がその場で教えてくれた連絡先を手帳に書き留めると、後日の連絡を約束して彼女を門の外へ送り出した。

さて、ワトスン助手、お手並み拝見といこうか。

どこへ行くべきかは決まっていた。

まずは、この大学のどこに試験の答案が保管されているのかを調べなくっちゃね。

「ちょっとすみません」

ボクは事務局前の、合格発表が貼られているのとはべつの掲示板の前で休講の知らせを眺めている学生をつかまえた。

「ん？　俺？」

青年は少しどぎまぎした様子で答えた。

「そうそう、そこのイケメン君。教えてほしいことがあるんだ。入学試験の答案は誰が採点するか知ってる?」

「……そりゃあ、ここの教授だろうね」

「何人くらいいるの?」

「いっぱいいるよ」

「教授たちはふだんどこにたむろしているのかな?」

「この研究棟さ。二階から上が研究室になってる。二階が脳外科、三階が内科、四階が麻酔科、五階が……全部言う?」

「結構でーす。で、最終的にその答案はどこに保管されるの?」

「えっと、それは八階の〈答案用紙保管室〉。ふだんは鍵《かぎ》がかかってるし誰も入れないけどね」

ふむふむ。出入りは困難、か。でもボクの鞄《かばん》の中にはチューインガムが入ってる。旧式の鍵なら、ガムで鍵の型を取って、後日入ることができるかも。

「貴重な情報ありがとございまーす」

にこやかに立ち去り、研究棟の一階エントランスホールに向かうと、フロアマップがあった。大学の良いところは、制服がないところ。部外者が紛れ込んでいても、それほど怪しまれない。年齢はそもそも近いわけだし、みんなが白衣を着てるわけでもないもんね。

でも、いくらフロアマップを眺めてみても、最上階の八階に〈答案用紙保管室〉なんてなかった。ただ、怪しいのが一つ。〈ルームD〉と書かれた部屋が、北端にある。他は会議室とか解剖室とかレントゲン室とか名前がついているのに、そこだけ〈ルームD〉。怪しいことこの上ないでしょ。

エレベータのボタンを押すと、すぐにドアが開いた。乗り込んで閉まりかけたところで白衣の男性が一人乗り込んできた。

その人は、何だかちょっと妙な雰囲気を漂わせていた。どことは言えないけど、何とも違和感がある。色素の薄い茶髪とそばかすだらけの赤ら顔。田舎者っぽい雰囲気なのに、なぜか三階のボタンを押すときの指の動きがエレガントで堂々としていて、時折こちらをちらっと見る視線からは相手を威圧するような雰囲気もある。言ってしまえば、統一感がない。だから、まがい物っぽいのかな。

その印象ちぐはぐ君が、突然ボクに話しかけてきたんだ。

「君はここの学生ではないな？」

「……なんでそう思うの？」

「そんな片目が義眼の美人、この狭い大学にいれば一発で覚えられる」

「えっ……」

びっくり。ボクの左目が義眼なことは、友だちにだってバレたことがなかったのに。いつも視線をあまり動かさないように気をつけているし、右目の動きに合わせて多少は同じふうに動いてくれるようにできているから、あんまり不自然じゃないはずなんだけどな。

「部外者だと問題あり？」

平静を装ってそう尋ねた。

「ここから上には研究室があるばかりだ。部外者に用はないはず」

「君はここの学生くん？」

「いや、研修医だ。もう医学生ではない」

その人はさらに間合いを詰めてきた。

「君は受験生だろ？　受験に落ちて逆恨みか？　左手の指にペンだこがある。君は左ききで最近まで必死にペンを握りしめていたわけだ」

見た目によらぬ鋭い観察眼。むむむ、油断できない。

「……ボクが降りるのは八階だけど、誤解もいいところだよ」

あんまりおもしろくないジョークだけど、男はふふっと笑った。

「事務局で泣いていた女の子を門までエスコートしていたね」

「そんなところから見ていたなら、聞くまでもないんじゃない？」

この男はボクが部外者なのをはじめから知っていたみたい。

「君は自分が不合格だったことが解せず、教授たちに詰め寄ろうってわけだ」

「まあ、遠からずってとこだけど、君に関係あるの？」

そこで初めてボクは相手の胸元の名札に目をやった。〈研修医　杉原正人《すぎはらまさと》〉と書いてある。身分に偽りなし、か。

「この大学は、男尊女卑が甚だしい。男女の過去の合格率を見ればわかるはずだよ」

「知ってる。女子の合格者は全体の一割。これは、受験生全体数の3％に当たる。ちなみに、受験者数は、男子：女子で6：4。つまり、合格者を仮に百人とした場合、女子は四十人中の三人しか合格していないのに対し、男子は六十人中二十七人も合格していることになる。わ、ここまで間違わずにぺらぺら言えたボクすごくない？」

「そこまでわかっているなら、君が今から直談判することの愚かさもわかるはずだ」

「あのーお言葉ですけどー、ジェントルな杉原くん。その程度の男尊女卑は計算のうちだよ。でも、ボクの点数はその3％に確実に入る数字だったんだ」

「飽くまで自己採点だろ」

「だから、それを確認しに行くの」

杉原は笑った。

「君は知らないだろうが、今年受験問題を作成した井上昭三《いのうえしょうぞう》副学長は男尊女卑の塊だ。君の存在なんて完全に無視するか、さもなくばセクハラまがいのことをした挙句、警察を呼んで君が勝手に押しかけてきたと先手を打つぞ。泣きを見た女子学生を何人も知ってる」

杉原の言っていることは、たぶん本当なんだろう。医師の世界は、親が医師で病院を継ぐために医学部に入る者が多い。中には選民思想が残っていたりして、当然その思想に男尊女卑も含まれてたりするもんね。女は黙って家で炊事洗濯して家庭を守ればよい、と。ふぁっく。

「君はまだまだ甘ちゃんらしいな。いいかい、どの教授に訴えたって君の願いは受け入れられない。これは誓って言える」

「わぁ、とっても親切！　試してみるよーん」

「気が強いな」

そこでちょうど三階に着いた。このエレベータはやけに速度がゆったりしている。きっと進みながら蚤取《のみと》りでもしているんだろうね。

ちぐはぐ杉原くんは赤ら顔に不敵な笑みを浮かべながら降りた。

「君のその強気な言動。大いに気に入った」

「そりゃどうも。ボクも君のそのニキビ面、気に入ったよ。バイバイ」

「閉」ボタンを押した。が、すぐに杉原は「開」ボタンを押してきた。何なのこいつ。

「〈ルームD〉へ行く気だろ？」

「……なぜそれを？」

「不合格を信じられない者は、あの部屋に侵入したがる。過去に何人の女子受験生があの部屋へ侵入を試みたか知ってるか？　じつにこの五年間で二十八名だ。みんな考えることは同じさ。君が特別じゃない。だが、危険だ」

「ヘビでも住んでるの？」

「廊下に監視カメラがあってすべて録画されてる。あとは警察のお世話になるだけってわけだ」

ヘビがいないのは何より。ボクはヘビは苦手だから。でも監視カメラも困ったな。

「……どうしたらいい？」

「北側にある非常階段から行きたまえ。監視カメラはドアの前にあって、わずかに南向きに斜めに取り付けられている。締め切りの非常階段から人が来ることを想定していないからだ。だが、非常階段から入れば――」

「映らない？」

「ドアノブの部分だけ映るから手は見える。でもそれだけだ」

「手は大丈夫。じゃじゃじゃーん」

ボクは手袋をした右手を見せた。

「これなら誰にもわからないでしょ？」

「保証はできないがね。それから、鍵はドアの脇の観葉植物の鉢植えの下にある」

「了解。アドバイスありがとございまーす」

「どういたしまして。ワトスン嬢」

ドアが閉まった。それから「七」を押す。八階の手前で降りて、廊下を通って非常階段へ向かい、誰にもバレずに〈ルームD〉に入るためにね。例によって、エレベータは蚤取りをしながら、緩慢な速度で昇り始める。でも、何か落ち着かない。

いま、杉原何某《なにがし》は最後にこう言わなかった？

——どういたしまして。ワトスン嬢。

ボク、名乗った？　名乗ってないよね……。なんでわかったんだろう？　ボクが、脳内設定で決めているだけのことなのに。

岩藤すずの記録はまだ続いているが、ここでいったん視点を蔦野医科大の外へと向けて、上野公園をぐるりと散策してみることにしたい。

というのも、ここに住まうたくさんの無名の主たちの中に、この物語のもう一人の主役がいるからである。

西郷《さいごう》さんの銅像でも知られ、また上野動物園とも隣接するこの由緒正しき公園は、夜になると杭《くい》工法による家を持たず段ボール製の家屋を愉《たの》しむその日暮らしの紳士たちの住処《すみか》ともなっている。

この公園の、段ボールシティのとある一区画の面々は各々をワンとかツーとか呼び合っていた。区民は全部で五名。つまり最後の一人がファイブである。リーダーはワン。ワンが自分のことをワンと呼べと言ったところから、二人目がじゃあ俺はツーと名乗り、数字続きが始まったのだが、実際のところワンは中国名であった。この者はかつて中国と日本を行き来する殺し屋だったが、殺すべきではなかった女性を殺してしまってからというもの、出家せんとばかりに段ボール住まいを始めたのだった。ワンは世捨て人だが、己の島を荒らす者は許さない。

したがって、ワンの区画に住まう者は、ワンへの絶対服従を誓わされるのだが、ここへ来てこのワンたちの区画に異変が起きている。

シックスが登場したのだ。その容姿はじつに強烈な個性に満ち溢《あふ》れている。この強烈な個性というのが、目つきからくるものか顔つき全体からくるものか、はたまた全体像からくるものかは見る者によって意見が違うのだが、一つ確かなのは並外れて痩《や》せているということである。そして、痩せている人間の多くがそうであるように、この者の目は百メートル先の泥棒を撃ち殺しそうなほどに鋭く、またコンドルを丹念に煮込んでとろりとさせたような鼻が知性と反射神経の鋭敏さを物語っている。

ワンはこのシックスが居住し始めるや否やテリトリーが危険にさらされているのを感じ取り、シックスの段ボール製家屋へと向かった。

「貴様、俺に無断でここに家を建てるたあどういう了見だ」

ところが、その声はむなしく段ボールの中にこだました。何の魔術であろうか、その段ボール製家屋はもぬけの殻であった。たった今入るところを見たばかりなのに……。ワンは悪い夢でも見たのではないかと頬をつねってみたが、こればかりはどうにも現実であるらしかった。

一度や二度なら、座敷童《ざしきわらし》として片づけることもできる。ところが、シックスは頻繁に出没する。挙句、ツーやスリーと平然と口をきいたりもする。ワンは我慢ならなくなり、ある時シックスが段ボール製家屋に入った瞬間に草むらより走り寄り、鉄パイプでその家屋を破壊した。当然中にいるシックスも無傷では済むまいと思われた。

ところが、これがどういうわけかまたしてももぬけの殻。このようなことがあって以来、ワンたちはどうも自分たちは悪い幽霊に取り憑《つ》かれてしまったようだ、ということになり、その幽霊をシックスと呼び、それを見てしまう自分たちの感覚をシックスセンスと呼ぶようになった。

「幽霊にしては存在感がありすぎますけどね」

スリーが鼻くそをほじりながら言ったが、多数決で幽霊ということに決まった。やがて、この目に見える幽霊シックスは上野公園に無許可でダンボール製家屋をもつ住民たち全員の知れ渡るところとなった。

この頃では、シックスを見かけても追いかけたりせずにそっと見守る輩《やから》のほうが多い。あの腕っぷしの強いワンでさえ、シックスを見かけると青ざめて己の家屋に引っ込んでしまう体たらくなのだ。

じつのところ、ワンは過去に罪のない女性を撃ったことで、自分が悪霊に取り憑かれていると思い込んでいた。だから、よけいに怖くなったのだろう。

そして、岩藤すずがまさに事件に立ち会わんとしていた頃、上野公園にまたしてもシックスが現れたのだった。それを見かけたのは、ツーだった。ツーはシックスがわずかに猫背の姿勢でいつものようにやって来ると、目が合ってしまい、動けなくなった。ツーはちょうど駅前でいかがわしい情報ばかりが並ぶ雑誌を売るという実入りのいいバイトをこなしてバーガーを片手に帰ってきたところだった。

シックスはそこに遭遇すると、ツーの手元を示した。

「そんな肉を食らっていると死ぬぞ」

ツーは逃げようと思ったが腰を抜かして動けなくなった。

「取引をしないか。君はたらふく上等の肉をもらう代わりに私の家屋の見張りをする。この契約が守れなければ、君の身に恐ろしいことが降りかかる」

「わ……わかった……いつ見張りをすればいいんだ？」

「四六時中だ。もう一生分寝ただろ？」

「そんな無茶な……！」

幽霊の家屋の見張りというだけでじゅうぶん無茶だったが、この依頼に驚いていると、ふとシックスは顔を上げ、蔦野医科大のほうを見やった。

「何だ、今の声は……？」

ツーは何も聞こえなかったが、今度は心を落ち着け、シックスを真似て耳を澄ましてみた。

すると、たしかに聞こえた。世にも奇妙な音。

あれは——何か大きな生き物の遠吠《とおぼ》えに違いない。

ツーがふと我に返った時、すでにそこにはシックスの姿はなかった。見張りはもう始めなくてはならないのか、肉をくれるというのは本当なのか、など聞きたいことは山ほどあったが、それ以前に自分はまた幽霊に化かされただけなのではないか、とも思った。

あの蔦野医科大学より聞こえてくる獣じみた遠吠えだけが、その後も現実離れした調子で耳に響き続けていたのだった。

第二章　大きな足跡

ボクが非常階段を上って八階に着いたのは、午後一時半を回るころだった。驚いたのは、ドアを開けた瞬間にどこからともなく、あふうぉおおおんと不気味な咆哮《ほうこう》が響いてきたこと。

え、何いまの……？　声はだいぶ近かった。

たぶん、すぐ前方の〈ルームD〉からかな。

ボクは非常階段のドアを開いて、顔だけで八階の様子を窺《うかが》っていた。長い廊下は、南端のエレベータまでまっすぐに続いている。

と――突然、〈ルームD〉のドアが開いて、中から人が出てきた。ボクは咄嗟《とっさ》にもう一度非常階段のドアの向こうへ隠れた。

乱暴にドアの閉まる音がして、足音が遠ざかっていく。駆け足だ。急いでるのかな。ジョギングって感じじゃない。そんなに速くもないけど、足音の力の入り方から、その人なりの全速力って気がする。たぶんエレベータに向かってるんだろう。

ふたたび非常階段のドアを開けて八階の廊下に顔を出すと、遠ざかる白衣の背中が見えた。白髪の天然パーマの男が息も絶え絶えになりながらエレベータに乗り込んだ。慌てふためいている彼は、こちらに気付きもしなかった。

何をそんなに慌ててるの？　トイレにでも行きたかったのかな？

エレベータが行ってしまったのを確かめてから、ボクは〈ルームD〉のドアノブにそっと手をかけた。

あれ？　何の手ごたえもなく、ドアノブは回るし、ちょっと押したら引っかかりもないじゃないの。ふだんは鍵《かぎ》がかかってるんじゃなかったの？　あ、そうか、あのおじさんが鍵をかけ忘れたんだ。よっぽどトイレに行きたかったのかな。

おや、でも変だぞ。エレベータの手前の角を曲がったほうにトイレがあるみたい。表示がある。やっぱりトイレじゃないのかな？

何にせよすぐに戻ってくるかも知れないし、こっちも急がなきゃね。

監視カメラに映り込まないように注意しながらドアに身体をくっつけた。もしも大学関係者がここへ来たら、と思うと、さすがに動悸《どうき》が高鳴ってきた。見回りに来る可能性は十分にあるよね。さっきの杉原《すぎはら》何某の発言によれば、過去にもこの〈ルームD〉に入り込もうとした受験生はいたわけだし。

でも、とにかく入ってみよう。中に誰かいたら、部屋を間違えたふりをして逃げればいいもんね。ボクは昔からこういう瞬間が怖い。だってドアの向こうが見えないじゃん。ドアを開けた先で何が起こるか想像がつかないんだもの。

その瞬間、脳にとある光景が浮かぶ。洒落《しゃれ》たレストランのドアを開けて店に入ってきた男が、自分に銃口を向けている。ほっそりとしたバレル……。

これは何だろう？

現実にあったこと？

それとも、映画か何か？

ちがう、自分の隣に父上がいる。

それから——やめよう。古傷が痛み出す。これ以上考えるなっていうサイン。いつもそうなんだ。記憶とも幻想ともわからない光景が頭に浮かんで、古傷が疼《うず》いて考えるのをやめる。やめた後では、何を考えていたのかも思い出せなくなる。だから、いまのがいつも見ているそれと同じかもよくわからない。ボクは頭からこびりついたイメージを追い払ってドアの向こうを確かめた。

真っ白なタイル、真っ白なウォール、真っ白な天井に囲まれた簡素な空間。正面東側と左手北側の二面に窓があるけど、東側の窓はシャッターが下りていて、北側の窓だけが全開になっている。

部屋の真ん中には、重量感のある黒檀《こくたん》のテーブルが置かれていた。ちょっとばかりこの部屋で使用するにはサイズが大きすぎる感じ。その周辺には椅子がない。会議用としても使いにくいからここにしまってあるのかな。テーブルの脚はもともとの樹の形状を生かしてるみたいで、どれも太く立派で、形がちょっとずつ違っていてユニークだから何だかもったいない気もするけど。

そのテーブルの脇には、全部で十の段ボール箱。うち一つが北側の窓の付近で倒れてだらしなく散乱している。うわっ、これ採点済みの答案用紙じゃん。

それを除けば、空間を構成しているのは黒と白。まるでオセロの世界だね。だけど、その完全なモノトーンの世界に、鮮やかな色が一色だけ混ざっているんだ。

赤。床に散らばった答案用紙の赤マルの赤じゃないの。もっと大きな、マスクメロンほどのサイズの赤いどろりとしたシミが、床に散らばった答案用紙の一枚にべっとりと付着しているんだ。

髪が揺れた。全開になっている北側の窓から、風が入り込んでくるせい。その風を伴奏にして、答案用紙たちがタイルの上をバレリーナよろしくぐるぐると踊り狂っていた。きゃーかわいい。いや、ウソウソ、かわいくない。それどころじゃない。

ボクは、大きな赤いどろりとしたシミがある答案用紙に近づいた。

それは――よりによってボクの答案用紙だったんだ。

「な……なんでボクの答案用紙が？」

他にも三枚、ボクの答案用紙以外にもうっすらと赤いシミが見えているものがある。うち一枚は、あのかわいい佐野真凜《さのまりん》のもの。

残りの二枚も、ボクのと並びの受験番号の受験生の答案用紙だった。マーク式で、五科目分が一枚の用紙の表裏に収まっている。だから受験者数分の答案用紙がここにはあるはず。

入口から見たときは、ただ赤く塗られたように見えたけど、近くで見るとそうでないことがわかる。

これ、足跡だ。それも、人間の足跡じゃない。

何か、べつの生き物。四つの指球とハート型の足底球。

すぐ頭に思い浮かんだのは、犬。たしか犬の足跡がこんなだったはず。ほかに四つの指球というとタヌキだとかキツネだとか。要するにイヌ科の動物たち。

でもこれ、犬にしては大きすぎるんだよね。

そこで思い出したんだ。さっきの不気味な咆哮のことを。あの咆哮の主の足跡だとしたら、どうだろう。あれだけの野太い声なら、きっと体長だってそれなりに大きい動物のはず。

犬の中でも、かなりの大型犬とか？　次から次に疑問は湧いてくる。いちばん腹立たしいのは、ボクの答案用紙がほぼ真っ赤で内容が判別できなくなっていることだよ。これじゃ不正入試が行なわれたかどうかわからなくなっちゃう！

困ったな……。

とりあえずボクは写メを撮った。自分の答案用紙を拡大したものを一枚。それから、入口辺りから全体の様子を念のために一枚。

それにしても、この答案用紙の散乱ぶりは何なの？　管理が杜撰《ずさん》すぎない？

窓が開いているせいなのかな。だとしても、この赤い足跡の説明はつかない。

動物はどこからこの部屋に侵入して、どこへ去っていったの？

たとえば——開いている窓から犬が？　いやいや、まさかね……だって八階だよ？　ないない。でもエレベータや階段で八階まで来るのはもっと考えにくい。

それに、なんで足跡が赤いの？　インクでも踏んづけた？

見渡してみたけれど、室内にインク瓶のようなものが落ちている様子はない。

まさか、血じゃないよね……。

その可能性に思い至ったのは、自然だった。まず赤いインクを考える。でもインクの瓶が現場にないなら他を考えなくちゃ。

血痕《けっこん》なら、インク瓶はいらない。誰かがここで血を吐き、それを巨大な生き物が踏みつけた。今はもうここにいない誰かの血を、今はもうここにいない大きな動物が踏んだんだ。

血を吐いたのは、さっきトイレ（かどうかはわからないけど）に走っていった天然パーマの白髪の医師かも知れないけど、その血痕を踏んだ巨大犬はどこへ消えたわけ？

まさかあの医師より先に巨大犬は脱走を？

でも、吠《ほ》える声がしたのはたった今だよ？　ボクが非常階段を上がり切った時だもん。そして、直後にあの医師が部屋から出てきた。つまり、巨大犬は、この部屋にまだいなきゃおかしい。

ということは——やっぱり窓から逃げた？

ボクは窓辺に近づくと、縁のところから半分だけ顔を出して外を確かめた。下は庭園になっていた。緑の芝生の周囲に桜の木がぐるりと植樹されている。その真ん中の芝生に、誰かが寝そべっていて、それを囲むようにして人々が集まってきている。

寝そべっているように見えるその人は白衣を着ていて、頭部から血を流してる。それを取り巻く数名の男女は、たぶんここの学生。

「死んでる！」

取り巻きの一人が叫んだ。うん、そのとおりだね。たぶんその人は死んでるよ。周りにいるのが学生っぽいのに対して、その真ん中にいる死者は、遠目からの判断でしかないけど、頭髪などの印象から決して若くはなさそうに見えた。

誰？　誰が死んだの？

ここから落下したのかな。頭部から流れた血が、この室内にある足跡のそれと同一なのかどうかは定かじゃないけど、偶然とは思えない。

ん？　でもおかしいよね。この部屋から飛び降りたのなら、血痕が室内に残るわけなくない？

ボクは室内を振り返って、もう一度まじまじと動物の足跡を見た。

たとえば巨大生物Xが、被害者を咥《くわ》えてこの窓から共に落下して地面に叩きつけて殺してから、ジャンプしてここに舞い戻って足跡をつけて……。

いやいや……まさか。

魔犬でもあるまいし……。だけど、巨大な犬が現れて、人を殺すなんて、『バスカヴィル家の犬』みたいじゃん。しかもその足跡は、本来なら合格するはずの不合格者の答案用紙の上につけられている。そこに何かの意味を読み取ろうとするのは、自意識過剰なんかじゃないよね？

足りない。自分の中のシャーロック・ホームズが圧倒的に足りない。こういう時、もしもホームズなら些細《ささい》な点の観察によって得た情報から、どれが重要な事柄なのかを瞬く間に見分けるはず。もちろん、ボクはワトスンなんだからそこまでの能力は発揮しなくてもいいんだけど、問題は、ボクの脳内にいるホームズがまったく起動してくれないってこと。

センター試験レベルの問題なら、脳内ホームズは瞬時に現れてボクに助言してくれた。でも、この状況はさすがに脳内ホームズも居留守を決め込んだみたいで脳内ベイカー街から出てこない。

どうしよう。とにかくまずい。窓の下には死体。落下したのはこの部屋からの可能性が高い。室内には血の巨大な足跡。そして散らばった答案用紙……。

仮に下で死んでいる者をXとしよう。

仮説1：Xは〈ルームD〉で血を流した。

仮説2：Xは〈ルームD〉から飛び降り自殺した。

両仮説が共に真となることは矛盾しているように見える。自殺者が飛び降りた部屋に血痕で巨大な犬の足跡を遺《のこ》すなんて、そんなおかしなことがまかり通るわけないよね。

遠くでエレベータが到着するチンという音が聞こえたのはその時だった。長い廊下の突き当り、南端にあるエレベータが開いたんだ。それから、つか、つか、つか、とヒールの足音が聞こえる。

ボクは咄嗟《とっさ》にドアの影に身を潜めた。エレベータから廊下は一直線。非常階段へ逃げれば、確実に目撃されてしまう。息を止め、その何者かが手前の部屋に入ってくれることを祈った。ドアの裏側にいたって、ここへやってきてドアを閉めてしまえば簡単に見つかっちゃうんだ。ここへ来ないに越したことはない。

でも——足音は〈ルームD〉までやってきてしまった。

その人は、開け放たれたドアから足跡を見つけても何も言わずに、ゆっくり北側の窓のそばまでやってきた。足音からわかってたけど、女の人だ。縁なし眼鏡の奥にある二重瞼《ふたえまぶた》の目、スタイリッシュなヒールみたいな鼻、世界一キュートな凶器となりそうな唇。美人を見るとすぐに子細に観察してしまうボクから見ても、パーフェクトな女の人。激しく推せる。

窓の下を見下ろしながら、その女性は呟《つぶや》いた。

「副学長……どうぞ安らかに。これも化け犬の呪いですわね」

彼女は微《かす》かに嬉《うれ》しそうにそれだけ呟くと、またさっきのようにつか、つか、つか、と音を立てながら部屋から出て行った。ボクは彼女が部屋から出る時、胸にある名札に〈安藤《あんどう》愛璃《あいり》〉とあったのを記憶した。

ドアが閉められると、足音が遠ざかるのを待ってからそっとドアを開け、非常階段を使って下りた。

――これも化け犬の呪いですわね。

どういう意味なのかな？

巨大な足跡と関係があるとしか思えないんだけど……え、本当に〈化け犬〉の仕業ってこと？

そんなことを考えながら、それでもボクは心を落ち着けてひたすら走った。だけど、どう考えたって不自然な話だよね。あの巨大な犬の足跡といい、飛び降りる前から血痕を遺した被害者といい、部屋から駆けていったあの天パ白髪の男性といい、ボクの後からやってきた安藤愛璃とかいう医師の謎の一言〈化け犬の呪い〉といい、まったくもって謎だらけ。

でもさ、それらミステリアスな事象の舞台が答案用紙の保管されていた〈ルームD〉だということは、今回の不自然な入試の結果と関係がありそうじゃない？　ああ早くジャムが食べたい。ボクはポケットからチュッパチャップスを取り出して咥えると、大通りをやってきたタクシーに手を挙げて乗り込んで自宅の住所を告げた。さすがに歩いたり電車に乗ったりする気力がなかったんだ。

頭の中には、ずっとあの光景がこびりついていた。巨大な赤い足跡。芝生に倒れていた副学長。頭部から流れる血。

不意に、あるはずのない左目が痛み出す。

一瞬、また不吉な光景が脳裏によみがえる。

目から溢《あふ》れる血。手が洗いたい……顔を洗いたい……。

待って、落ち着いて、今はどこも汚れてないから。

目をつぶる。凄惨《せいさん》なイメージから得られるものなんかない。これが現実か幻想かもわからないんだし。それは、ボクがこの十年で得た結論。人を生かすのは、現実でも幻想でもなくて、日々のスケジュールなんだ。

手帳を開くと、謎を書きつけた。

●巨大な足跡の正体は？
●なぜ四枚の答案用紙にだけ足跡があったの？
●足跡の赤は血痕？
●副学長はあの部屋から飛び降りたの？
●だとしたら、飛び降りる前に血痕があるのは何故？
●〈ルームD〉から逃げた白髪男は誰で、あそこで何してたの？
●安藤愛璃の言った〈化け犬の呪い〉って何？
●安藤愛璃は事件に関わっているの？

しばらく睨《にら》めっこを続けたけど、いずれも、すぐに解けるものはなさそう。まあ、謎なんて、そうでなくちゃ話にならないんだけど。

と、その時、何者かがこちらを見ている気がした。

窓の外を見たら、医科大の煉瓦《れんが》塀の前で、煙草の吸殻を拾って歩いてる人がいた。行動から察するに、よくいる手合いの路上生活者だろうけど、黒を基調にしたこぎれいなツイードのスーツにフロックコートを羽織っているし、髭《ひげ》もきれいに剃《そ》られていてそのへんを歩いている人の数倍は清潔感があるんだよね。年の頃は三十代前半といったところかな。

彼は路地に転がっている煙草の吸殻に手を伸ばしながら、目だけでこちらをじっと見つめていたんだ。

その目がまたすごいんだ。百キロ先の鼠さえ見逃さないような鋭さを放ってるの。まるで、野生の虎みたい。

「この辺はああいうホームレスが多くていけません。これから夕方になるともっと増えますよ」

タクシー運転手が呟いた。

「おねえさんも、ああいうのに絡まれたら逃げたほうがいいですよ。すぐ金をせびってくるんだから」

「きゃーこわいですー。鳥肌立っちゃうー」

運転手さんは呆《あき》れたのか恐れたのかそれきり黙っちゃった。窓の外のこぎれいなホームレスは信号が変わるまで、ずっとボクを見続けていた。よく見ると、端正な顔立ちをしている人だなあ。どこかで見たことがあるような気もするけど、ちょっとダンディな俳優に似た人がいたような……。まあ、気のせいか。

やがてタクシーが動き出すと、ボクはその人物について忘れ去った。っていうか、寝た。


この時、岩藤《いわとう》すずが目にしたホームレスの男こそ、シックスであった。シックスはすずを乗せたタクシーが遠ざかっていくのを最後まで見届けると、医科大学の入口前に立った。

その様子を見ていたのが、マスティフ犬を連れた警備員だ。彼は日頃から路上生活者に警戒の目を向けているので、この時もいやそうな顔で睨んだ。こいつは最近現れたらしい新入りじゃないか。たしかこの界隈《かいわい》では〈シックス〉と呼ばれていたっけ。

「離れたほうがいいぞ。今からここに警察が来る。おまえなんか逮捕されちゃうぞ」

言いながら、警備員はおかしいな、と思った。明らかに不審者なのにマスティフ犬がちっとも吠《ほ》えない。それどころか、頭まで撫《な》でられて尻尾《しっぽ》まで振ってるじゃないか。役立たずの犬め。

「何か事件でも？」とシックスが尋ねてきた。

「人が死んだのさ。副学長が」

ほお、とシックスは言ってから、こう付け加えたのだった。

「あの井上昭三《いのうえしょうぞう》がね……因果応報か」

警備員はぎょっとした。路上生活者風情が副学長の名前を知っていたことに驚いたのだ。

「ちょっと待った……おまえなんで副学長の名前なんて……」

「叫び声の方角から察するに、現場は校庭。一見飛び降り自殺だが、さて外傷は他にないのか気になるところだね」

警備員はシックスの存在を不気味に思った。シックスは警備員が警察に連絡しようと受話器に手を差し伸べるのを見てさらに言った。

「警察に通報してる暇があるなら、君は自宅に帰ったほうがいい。この一週間でいちばん制服のアイロンがしっかりかかってる。夫人がやってくれたのか?」

「そうだが……問題か?」

「問題だね。君が大して見返りのある亭主には見えないことが。君みたいな人間のためにアイロンがけを丁寧にしたというのは、夫人に何かとてもいいことがあったということだ。それも君との夫婦生活以外で。君はそろそろ捨てられる頃合いかも知れないな」

警備員は真顔になった。シックスの言うことに心当たりがあったからだ。それから自宅に電話をかけ始めた。自宅の電話は話し中になっている。あるいは、受話器はあえて外されているのか。携帯電話にかけるが、電波の関係か電源が入っていないかで不通。自宅にいてしじゅう充電器に接続している妻の携帯電話の電源が入っていないわけはないし、電波のつながらない場所にいるわけもない。不安に駆られた警備員は、もう一度シックスを探した。

だが、シックスの姿はすでになかった。

警備員は狐につままれたような顔で、方々を見て回ったが、ついぞその姿は確認できなかった。中に入ったはずはない。いくら尻尾を振っていたとはいえ、この訓練を受けたマスティフ犬が見逃すはずがないのだから。

「そうだろ?」

「ワン!」

マスティフ犬は上機嫌で答えた。が、その口は妙にビーフジャーキー臭かった。

そうこうしている間に、警察関係者がやってきた。さらに、遅くに出勤してくる医者やら研修医やらが立て続けにゲートを通過した。その頃には警備員はシックスのことなど忘れてしまった。

だが、ふと、たった今職員証をかざしてゲートを通過した一人の研修医の後ろ姿を見て、警備員は眉《まゆ》をひそめた。

「さっきのホームレスに似てる気がするが……気のせいか……」

警備員はじつに観察眼の鋭い男であったが、惜しむらくはそのことに無自覚でありすぎた。よって、大学の敷地内に入っていった研修医の一人が遠くの者を射落としそうな鋭い眼光を放っていることも、知性と反射神経の象徴のように優雅な鼻を誇っていることにも気づくことはなかったのである。その研修医は、一度トイレに入ると、まるで別の容姿になって現れたというのに。

第三章　君の名はシャーロック

事件から一夜明けた朝、ボクはひとり居間で朝食をとっていた。父上には昨夜、合格したと嘘を伝えたんだ。それも、文書でね。なんで文書？　って思うでしょ。我が家の常識、世間の非常識。逆も然《しか》りってやつね。もうこの十年というものボクたちは、同じ屋敷の中にいながら、口をきいていないんだ。

父上は自室に籠《こ》もってばかりいる。執事の叢雨《むらさめ》が言うには、思春期の女の子にどう話しかけていいかわからないんだって。でも受験の合否だけはかなり気にしているって、これも叢雨の言なんだけど。

いちばん厄介なのは、父上が来週合格祝賀会を開くと言い出したらしいことなんだ。あーマジで困ったことになったよ。

生ハムとメロンを食べ終えると、ボクはいやなことを考えるのをやめて、アプリコットジャムを片手に新聞を読みはじめた。すると、ほどなく叢雨が話しかけてきた。

「お嬢様が新聞をお読みになるとは、お珍しいですね」

「……いま話しかけ禁止でーす、気が散るざんす」

「おやおや、反抗期ですか？　あまり態度がよろしくないと、おやつを減らしますよ？」

「あーもうわかったから、しっしっ」

「それは犬を追い払う時の言い草です」

「犬……それよ。やっぱり犬だよねぇ、あれは」

「何を仰《おっしゃ》ってるんですか？」

「ん、いや、こっちの話ぃ」

ボクはまた新聞に視線を落とす。読んでいるのは、昨日の蔦《つた》野医科大学の副学長転落死の記事だった。記事は転落死の文字の後に「？」をつけて報じていた。どうやら、転落の衝撃前に心肺が停止していた可能性があるらしい。現在のところはまだ自殺か他殺か、事故かの区別もついていないんだって。

仮に、転落より前に心肺停止していたなら、すでに死んでいる副学長が自分で飛び降りられるわけないから、何者かが死体を投げ落としたことになるよね。

そうなると、やっぱり、あの巨大な足跡が気になってくる。

巨大犬が死体を〈ルームD〉から突き落としたのかな。

新聞では「死因不明」以外の情報は見えてこない。「わからない」がわかるだけの情報は、情報とは言えないよね。朝刊って、結局前夜のどこかのタイミングで記事の締め切りを行なうわけで、最新の情報じゃないから仕方ないのかな。今の時代なら、ネットの情報のほうがはるかにスピード速いよね。だからボクはネットのニュースにも目を通した。思ったとおり朝刊で得られる以上の情報がすでに出回ってた。その中の一つの記事は、例の巨大な足跡に言及していたんだ。

白昼の蔦野医科大学に巨大犬出現？

昨日午後、蔦野医科大学敷地内で、本大学の副学長・井上昭三《いのうえしょうぞう》医学教授が転落死した事故で、警察は転落前に心肺停止していた可能性があるとみて捜査を続けている。現場検証によると、転落したのは、大学研究棟の八階〈ルームD〉と推測され、同室には犬に似た巨大な血染めの足跡があった。足跡の血痕《けっこん》は、被害者のものとDNA鑑定で一致したことから、警察は何か大きな生き物と被害者との接触があったのではないかとみて、引き続き現場検証を行なう模様である。

あんな大きな足跡の「犬」なんてそもそもいるの？　ボクが見たところ、あの足跡は通常の犬のそれの五倍から六倍くらいはあった。まるで熊の足跡だよ。でも熊なら、指が五本あるはず。あれは四本だったもん。イヌ科の生き物と考えるべきよね。

実際にもしもそんな生き物があの建物の中を徘徊《はいかい》していれば、すぐに他の人間に目撃されるだろうし、そもそも死体以上にそっちが大騒動になっていたはず。でも、現在まで巨大な生き物の目撃情報は出ていない。

奇妙なのは、ボクが八階に到着した時に咆哮《ほうこう》がしたのに、ドアを開けるとすでに消えていたってこと。イリュージョンじゃん。こんなことができるのは、犯罪者ならモリアーティ教授くらいじゃないかな。そう考えて、勝手に鳥肌が立った。

――メメント・モリアーティ。

ふと、そんな呪文《じゅもん》みたいな言葉が頭の底から浮かんでくる。これが浮かんできたの、初めてじゃないなってことだけは何となく覚えてた。これもやっぱり記憶なのか何なのかよくわかんない。でも繰り返し浮かぶってことは……あああやめよう。ボクは背中の悪寒をやり過ごした。

あ、この記録があとあと本の形になることも考えられるから一応説明。モリアーティ教授っていうのは、シャーロック・ホームズのライバルで〈犯罪界のナポレオン〉の異名をとる男のこと。

もちろん、この二十一世紀の東京にモリアーティなんているわけないんだけどね。ボクの脳内にはホームズもいるし、ボク自身がワトスンでもあるけど、さすがにモリアーティはいない。

ただまあ、未解決事件の総称としてはいいネーミングではある。だから、この事件も未解決なままで終われば、モリアーティフォルダ入りってことになるかな。ああ……モリアーティって単語を書くだけでぞわぞわする。ボクはこの単語と相性が悪い。なんでかな……。たぶん過去の悪夢に関係しているんだけど。

いいや、忘れよう。叢雨もお忘れなさいって言ってるしね。

それより、もう一度現場に向かってみようかな。昨日は大学関係者に見つかりたくなくて逃げるように帰っちゃったけど、考えてみればボクは結局やましいことを何もしてないじゃん。こそこそすることないんだよね。

まずあの天パ白髪の医師を見つけ出さないと。なんであんなに慌ててたのか聞き出す必要がある。もしかしたら重大な事実を知っているかも知れないし。

それに、もう一人接触を試みたい人物もいる。転落後、〈ルームD〉に現れた安藤愛璃《あんどうあいり》。彼女が通報したのかな？　あんまり慌ててる風がなかったのも気になるよね。まるで死を予測していたみたいな……。あの人、何者なんだろう？

テレビをつけたけど、まだそんなに報道されてないみたいだったな。むしろ我が国とこの十年非常に親密な関係を結んできたバスカ共和国の軍艦が事前通告なく日本の海域に侵入したとかで、キャスターは二国間がにわかな緊張状態にあるとか何とか、そういう政治的なニュースを報じるのに一生懸命だったよ。

この国とは去年までは友好的な関係を築いてたから、まあ一ＪＫながら残念な話ではあるよね。ワンちゃんがぞろぞろ歩いてる国旗もかわいかったし。なんかヘンな贈り物を贈り合ったりして仲いいふりしてたのにね、大人って本当バカみたいに喧嘩《けんか》する。

テレビを消した。政治にそんなに興味ないしね。

「ごちそうさま」

立ち上がって、身支度をしに自室に戻ろうとしていると、叢雨に引き留められた。

「お待ちください、お嬢様。まだトーストに手をつけていないのにごちそうさまもいただきますもあったもんじゃありませんよ。ジャムだけお召し上がりになるなんて、はしたない」

この瞬間に決定したよ。叢雨の来世は塵《ちり》一つ見逃さないルンバ。

「何か、そわそわしていらっしゃいますね？　またこの叢雨に内緒で行動をしようとお考えですね？」

「そそそ、そんなわけないでしょ……ボクがいつそんなことをした？」

「いつもしてらっしゃいます。どこへ行かれるおつもりですか？」

「叢雨気になっちゃう系？」

「……妙な日本語はおやめください」

「しょーがないな、ストーカー君」

「ただの執事です」

「ちょっと蔦野医科大学に行くだけ」

「受かってもないのに、でございますか？」

「え……」

「なんでそれを知っているのかってお顔ですね？　私は執事でございますから、すぐにお嬢様の後を尾《つ》けたわけです。そうしたら、お嬢様の番号、２２１番はございませんでしたね。残念です」

　さして残念でもなさそうに叢雨は目をつぶり淡々と言う。叢雨はあんまり感情的にならないし、同情的な態度をとることもまずない。いつでも考えているのは、その先をどうするか、それだけなんだよね。まあ執事たるもの、そういうものかも知れないけど。

「さっすがストーカーくん」

「執事です」

「でも、自己採点では受かってるんだよ」

「計算間違いじゃないですか？」

「そんなはずないよ。何度もやってみたもん」

「じゃあ、きっとお名前を書き忘れたのですよ」

「叢雨、ボクがそんな間抜けをすると思うわけ？」

「どうでしょうね？　私の尾行にもお気づきにならないくらいですから。お嬢様はしっかりしているようで、存外間抜けです」

はっきり言ってくれるじゃないか、この来世ルンバ執事め。

「叢雨、ボクはね、こう見えて受験についてはそれなりの自信をもっているんだよ？」

「ええ、存じておりますよ。これまでの模試の判定もすべて記憶しております。本来なら受かるはずですよね。でも人間には例外というものがございます」

「例外があれば、さすがに報告するってば」

「お嬢様はよく嘘をつかれますから」

「あー言っちゃいけないこと言った！　じゃあ、いまボクが嘘をついてるのかどうか、わかる？」

「……わかりません。私が心配しているのは、現在お嬢様が、合格したとお父上に虚偽のご報告をされていることです。そして、来週の祝賀パーティーのことを考えると、軽くめまいがします」

「おーかわいいちょうでちゅねぇ」

「お…おやめください、頭を撫《な》でないで」

叢雨はボクの手を払いのけた。

「とにかくよ。父上を卒倒させないためにも、ボクは自分の不合格が間違いだってことを証明しなきゃならないの。だから、ね？　行っていい？　っていうか、行くよ」

叢雨は特大の溜息《ためいき》を洩《も》らした。

「止めても無駄でしょう、どうせ。わかりました。では、一時的にお嬢様の監視の目を解きます。ただし、お気をつけて行動なさってくださいね」

「ストーカーくん、大好き」

抱きついたら叢雨は顔を真っ赤にした。

「この二つの目玉でしっかり気をつけるね」

「お嬢様はジョークの毒が強すぎます」

「そう？」

まあ、そうかも。ボクはこの時、義眼を取り外して叢雨の目の前に突き出して見せていたから。


義眼少女、岩藤《いわとう》すずがこのようなジョークを言っているちょうどその頃、上野《うえの》公園内のワンたちの区域ではシックスがもがき苦しんで倒れているのが発見されていた。

発見したのはワンである。

「幽霊が苦しんでる……。何とかしてやれないか」

「なんとかって言われてもですね……」

ツーは困惑しつつも、シックスに見張り役を頼まれた経緯を思い出し、ワンにこう主張した。

「お任せください。この幽霊は俺が見張っておきやす」

「頼むぞ。まだ寒い冬空の下で死なれても困る……」

ワンが心配しているのは、警察による一斉検挙だ。過去にそれで住処《すみか》を追われたことがあるらしい。

「旦那《だんな》、大丈夫ですよ。こいつ、幽霊っすから。死にませんって」

むう、と唸《うな》りながらワンは己の段ボール製家屋に引き上げていった。

「目が……目が……」

シックスはうなされるようにそう言っていた。

いかなる夢を見ているのかはわからぬものの、ツーはシックスを揺り起こすことにした。

「おい……おい……起きろって」

そこでシックスは目を覚ました。ツーはその男の聡明《そうめい》な鼻や目の鋭い感じが嫌いではなかった。

「どうしたんだ。すごいうなされてたぜ？」

「……眼球はどこへ行った？」

「が、眼球？」

「少女の眼球だ」

「……え？」

それからシックスはようやく目の焦点を合わせ、はっきりとツーを見やると、何でもない、と短く答えた。さてはこいつ薬物中毒か何かか、とツーはその言動を見て思った。

「見張りご苦労であった」

シックスは氷のように冷たい手をツーの肩に置くと、ワシにかなり歪《ゆが》められてしまった段ボール製家屋の中に入っていった。

ツーは気になった。というのも、シックスの姿を昨日ばかりは一度も見なかったからである。

「なあ、昨夜あんたどこで何を……」

ツーは段ボール製家屋を軽く覗《のぞ》いた。思ったとおりだった。

そこには、誰もいなかった。

ワトスンにはワトスンなりの――。

自分の無能ぶりをそう納得させながら、ボクは電車で移動する道中に、また懲りもせずに〈化け犬〉の正体を考え始めた。

通常、あんな巨大な犬が存在するはずがないし、犬でなくても、巨大なイヌ科の生物があの建物の中をうろうろしていたと考えるだけで、かなり非現実的には違いないよね。

それよりも、あの足跡は何者かが作為的に創り出したと考えるほうがよほど現実的じゃない？　たとえば、あの天パ白髪の医者。あれは犯行現場から逃げる犯人の後ろ姿だったのかも。

警察はどう考えているんだろ？

本当に〈化け犬〉の可能性を検討してるのかな？

もちろん、非現実的だからって理由で、巨大犬の可能性を頭から否定するのもいかがなものか、とは思うよね。すべての可能性は、精査される必要があるもの。

だから、もしかしたら、実際に〈化け犬〉のようなものが侵入してきて、驚いた副学長が心肺停止して窓から落下したのかも。だけど、その場合、足跡の謎がどうしても残る。

血の足跡があったのは、大学の庭園ではなくて、建物の中なんだもの。転落して頭部が破裂して、その現場を謎の生物が通ったとかならわかるんだ。でもそうじゃない。なんで飛び降りた後じゃなくて、飛び降りる前の場所に血痕《けっこん》や足跡があるわけ？

「あ、名推理きたかも……さすがワトスン！」

閃《ひらめ》いちゃったよ。たとえば、あの天パ白髪医師によって頭部に先に攻撃を加えられて致命傷を負い、窓辺へとよろめいて絶命し、そのまま落下した、としたらどう？　ありそうな線よね。

「いや、でもなぁ……」

でもその場合、足跡はどこから出てくるの？　あの咆哮《ほうこう》は？

安藤医師の「化け犬の呪い」発言の意味は？

さっきボクは足跡は人為的に創り出せる、と思った。でも考えてみると、屋外ならまだしも、地上八階の部屋に巨大な犬の足跡を創作する意味なんてない。意味がないってことは要するに――やっぱり〈化け犬〉は本当にいたってこと？

「いたのかな？　やっぱりいたの？」

独り言を言いながら、まさかまさかと思う気持ちは止められない。ボクの隣に立って手すりを握ってるサラリーマンはそんなボクを変な目で見てくる。

「見て見て、この眼球、かわいい？」

ボクは左目の義眼を取り出して見せた。サラリーマンは完全にヤバいものに出逢《であ》ったみたいな顔して車両を移動していった。ふう、これで集中できる。いま大事なのは〈化け犬〉の話。

だいたい、あんな大きい足の犬がどうやって建物の八階に現れることができるわけ？　仮に人間がこっそり連れ込んだにしたって、目立ちすぎる。それに、何より咆哮がしてからドアから現れたのはあの天パ白髪医だけ。そこが〈化け犬〉の〈化け犬〉たる所以《ゆえん》なんだよね。あの足跡からすれば、相当大きくなきゃダメなはずなのに、あの〈ルームＤ〉はもぬけの殻だったんだもの。

どうやってあんな巨大な犬が消えるっていうの？

そもそもその犬は自力で大学に侵入したのか、誰かが持ち込んだのか、どっちだろう？

「まあでも何にせよ、やっぱりあの男よ」

あの天パ白髪医が何かを知っているに違いないんだ。

もしも何も知らなかったら？

その時は――たぶん、純粋に〈化け犬〉が単独行動でエレベータか階段を使って八階まで行って、副学長を殺して逃げたんだね。

ＩＱ高すぎでしょ……。さすがにヤバい。そんなのが本当にいたら、ホームズじゃなくて鬼太郎《きたろう》案件だから。これは虚構じゃない。現実の世界でそんなことが起こるわけがないもの。うんうん。

これは小説が抱えた永遠の悩みと言ってもいいだろう。いくら登場人物の一人が「これは現実」と言っても、読者の側は「いいえ、これは虚構」と言う。だが、ここで明確にしておかねばならない。

このように途中に現れる語り手を、多くの読者は作者だと思っているわけだが、それは違うと申し上げねばならない。はじめに申し上げたように、この語り手は、いままさに語っていることが現実のものであることを信じ、また保証する存在である。作者はそんなことは信じてもいないし、保証もしない。ここが違う。したがって、語り手であるこちらは、みなさんに断言する。これは現実である、と。

この世には信用できない語り手というものが存在するが、今回に関してはそのような心配をする必要はない。語り手は百パーセント現実の話をするだけだ。

この現実では〈化け犬〉が殺人事件を起こした。その裏に人間はいるのかいないのか。いなければ、岩藤すずの言うとおり、ホームズではなく水木《みずき》先生の鬼太郎にご登場いただかなくてはならなくなる。

　しかし、すずは勘違いしている。現実だからと言って鬼太郎やホームズが登場しない道理はないのだ。それは、彼女が自分をワトスンと思い込み、脳内ベイカー街に脳内ホームズを有した時から、ある意味で軌道が変わり始めていたのだ。

　現実を動かすのはいつでも想像力である。そして、想像力のあるところでは、何だって起こり得るのだ。


　ここで視点を変えて一人の男性を紹介しよう。

　蔦野金吾《きんご》、五十六歳、職業、外科医。現在の蔦野医科大学の学長を務める男だ。

　彼はいま夫人と二人で食事をとっている。その天然パーマは、天然というからには先天的なもので、子どもの頃はよくからかいの対象にもされた。が、代々医者である彼の家系を知る親たちがからかう子どもたちを叱ったおかげか、そんな野次は長くは続かなかった。

　金吾は下品な揶揄《やゆ》を試みる者は庶民だから仕方ないと思った。

　金吾は幼少の頃より選民思想を植え付けられていた。おまえはエリートだ。生まれつきのエリートなんだ。ほかの庶民とは違う。学校の成績だって何だって一番。やってやれないことは何もない、と。

実際にはそうではなかった。蔦野金吾は運動神経は鈍かったし、クラス委員投票ではいつも人気のなさゆえに敗れていた。たしかに勉強だけはよくできたが、それは家庭教師が一日五時間鬼のような顔で張り付いているからだった。だが、親の言う選民思想を拒絶するよりも、信じ込んだほうが金吾も気が楽だった。

かくして彼は親の望み通り医者となった。彼は手先が器用で、外科医としてはかなりの成功をおさめた。ただし、もともと身体が弱く、長時間手術で立ちっぱなしになったり、血を見続けること自体が苦手であったのもあって、ストレスから四十を過ぎた頃には髪の毛はすべて真っ白になってしまった。

五十を過ぎてから、今の妻と結婚した。歳はかなり離れていたが、美しい看護師だった彼女を射止めたことは人生の勲章のように誇らしかった。だが、いまの蔦野金吾はやや青ざめ、呆《ほう》けた表情で食事ものどを通らないといったふうに見える。

「あなた、今日の食事、美味《おい》しくなかった?」

「いや……あの〈化け犬〉のことを考えるとね……」

「まあ、かわいそうなあなた……」

奥方は席を離れ、夫を抱きしめた。愛人のほうがグラマーではあるが、妻のぬくもりはまた格別だ、と金吾は思う。

「あんなもの、もらわなきゃ良かったんだ……」

「あなたにはどうしようもなかったことよ」

蔦野金吾の後悔は、簡単に言えばお上から〈化け犬〉をもらったことに始まっている。

御礼と称したそれが、今では何らかの呪詛《じゅそ》ではなかったかと、金吾は思い始めている。

だが、もうすべては遅い。歯車は回り始めてしまっているのだ。


蔦野医科大学の校門前に着いたのは、午前十時。すでに大学は開いているはずの時間だけど、あまり人通りがないのは、昨日の今日で警察の捜査が続いていて休講が多いせいかな？

今日は門が閉じていて、煉瓦《れんが》塀や鉄柵《てっさく》の周りに物々しくも複数の警官が張り込んでいた。

どうにか中に潜入できないかな、と思ってたら、安藤愛璃医師がやってくる。タイミング神！　ミンクのコートにサングラスをかけて颯爽《さっそう》と歩く姿には、ボクはもう降伏宣言をするしかなかったよね。降伏を通り越して幸福ですらあったもん。ありがとうございまーす。推しが美しいだけでなくかっこよくもなれるなんて、もう本当に最高すぎる。でもボクはそんな本音は押し殺して彼女を見守った。

安藤医師は警官に話しかけられると、バッグから何かを取り出そうとしていた。そこでアイデアが閃いた。さすが天才ワトスン君だよ。ボクは安藤医師のそばへ近づいた。

「先生、おはよございまーす！」

「あら……ええと、おはよう」

「これから講義ですよね。急がないとボクも遅れちゃいますぅ」

「あ、ちょっと待ってね。あったあった……」

彼女は鞄《かばん》から職員証を見つけ出すと、それを提示した。

「医師です」

「どうぞお入りください」

ボクも同伴者のようにしてついでに中に入ろうとした。

ところが、彼女が裏切った。

「ねえあなた、学生さん？　見ない顔だけど。それに、今日は全学科休講よ？　どういうつもり？」

もちろんその会話は警官も聞いていた。

うっそ……愛璃さま、にわかだけど、心の推しにしてたのに。

「君、ちょっとこっちでお話聞いてもいいかな？」

太い腕が、伸びてくる。ボクは思わずその手を払いのけて、走り出した。

「待ちなさい！」

待つもんか。ボクは脱兎《だっと》のごとく駆けた。まあ実際、脱兎がどんな感じで走るのか、見たことはないんだけど。

でも捕まるのは時間の問題だろうなって思った。だってボクはべつに運動神経に秀でているわけじゃないから。五十メートル走だって八秒台だもん。健全な男子であろう警察官がボクごときに追い付けないわけがないんだ。そんなことはわかっている。わかっているけれど、こっちだって捕まるわけにはいかないんだから。

べつに何かやましいところがあるわけじゃないけれど、こんな騒動に巻き込まれたと知ったら、父上は絶対に卒倒するよ。下手をすれば心臓発作でそのままあの世に行ってしまわれるかも知れない。それは流石《さすが》に困るから、何としても捕まるわけにはいかない。

だから、全速力で走った。おのれ愛璃さまめ！　推しに裏切られるって結構心理的にダメージが深いものなんだね。

くさむらからにゅっと手が伸びてきたのはその時だった。はっきり覚えているけど、その手は、あたかも百年前からその時を待ちわびていたかのように自然に差し出されたんだ。

「こっちへ」

低くて、どこか確信に満ちた声色。

こっちへ？　どういうこと？　と思うまでもなく、その手はボクの手首をつかんでくさむらに引きずり込んだ。

「わっちょっ……」

ちょうどコーナーを曲がってすぐの場所だったから、追ってきた警官には引きずり込まれるところを見られずに済んだ。

男の人は、ボクの口に手を当て、シーッと口の前で人差し指を立てた。骨ばってはいるけれど、大きな手だ。気持ちを落ち着かせて、改めてその人を観察する。目視で確認するかぎり、彼の腕には、贅肉《ぜいにく》という贅肉がほぼなかった。必要最低限の筋肉だけ注入したような感じ。

その顔を見上げて、ハッとした。

「うぐもぐんぐぐ」

「騒ぐな」

うっぎゃあああ。昨日、タクシーに乗っていたボクをじっと見つめていた路上生活者っぽい人じゃん！　でも、それだけじゃなくて、改めてこうして見てみると、ん？　と思うところがあった。

やっぱりボク、この男を知っている？

もちろん、こんな人に会った覚えはない。

でも、その面相を頭の中で文字にしたとき、会ったことがあるみたいに感じる理由を少し理解できた気がした。

彼の目は、遠くの鹿でも確実に見つけて射抜きそうだったんだ。そして、高い鼻は世界の理《ことわり》を優雅に滑走する機知の精神を体現していたの。

ああ……この男は……シャーロック・ホームズのイメージそのものじゃん。顔つきが歴代のテレビドラマや映画のホームズ役の俳優に似ているとかじゃなくて、もっと本質的にシャーロック・ホームズそのものに近い感じ。文字として存在するあのシャーロックの概念ごとそこに体現されているとでもいうのか。おかしいよね。ぜんぜん恰好《かっこう》だって違うのに。あの代名詞みたいな鹿撃ち帽もケープも羽織ってない。まああれはシドニー・パジェットの挿絵のイメージが強烈だからで、実際にはホームズは田舎に出向く時しかあんな恰好はしないんだけどね。だから、そこはべつに構わない。

問題は、なんで上野の路上生活者が、本質的にシャーロック・ホームズを体現しているのかってこと。まるで、ボクの脳内ホームズが、そこに適合機種を見つけてコネクトしたみたいじゃん。だからもちろんボクはこう尋ねたよ。

「ねえ君、シャーロック・ホームズでしょ？」

するとができる。

そのような曖昧《あいまい》な問いかけは、たとえ運命の相手でなくても、何千、何万人もの人間にすることができる。

君の名は？

実際には何の確証がなくともできる問いかけだ。

しかし、神仏サンタクロースバレンタインハロウィン混合著しいこの国において、「ねえ君、シャーロック・ホームズでしょ」と問いかけることは、「君の名は？」と問いかけるほど容易でも安易でもない。

実際、その問いが岩藤すずの口から何者かに発されたのは初めてのことであった。

そうして、この時、尋ねられた男にとっても、初めて聞かれたことであったのである。

だが、あいにく彼はシャーロック・ホームズではなかった。

何しろここは二十一世紀の東京。どんな魔術を用いたところで、架空の十九世紀ロンドンで活躍した名探偵が、現実のこの世界に現れるわけがないのである。

しかし、想像力は現実を塗り替える。我々はその現場を、間もなく目撃することとなる。

第四章　バディ誕生

彼は頭を掻《か》いた。

「……私に言ってるのか？」

ほら、その声の感じ。間違いないよ。ボクの頭の中で何度もリピートしてきた声にそっくりじゃないか。

「ほかにいる？　この高いお鼻に話しかけてるとか？　ツンツン」

ボクが彼の鼻を指でさわると、彼は露骨に顔をしかめた。

「よしたまえ」

「あはは、ごめんごめん。もちろん君に聞いたんだよ。ねえ君、シャーロック・ホームズ？」

彼は、ふふっと小意地の悪そうな顔つきで笑った。

「惜しいな。私はホームズではなくホームレスだ」

え、まさかのダジャレ返し……？

「名前はない」

『吾輩《わがはい》は猫である』でもあるまいに。

「都市を無名で生きることを望んだからだ。あるいは、こう言い換えてもいい。都市の中で、私は名前を失ったのだ」

「きゃあかっこいい……よくわかんないけど」

彼はまたムッとした顔になる。

「でもさ、名前がない人なんていないよ？」

「記号ならある。ホームレス界隈《かいわい》での記号だ。シックス」

「シックス……」

「その区画で六番目のホームレスだからだ」

「そっか。じゃあ、日本語でロクでもいいね」

「ここは日本だからな。好きに呼んだらいい」

「おけぴよ」

「おけぴよ？　何だ、それは」

「ぴよぴよ」

ボクはひよこの真似をしてみせた。彼は困惑した顔つきになる。あはは、おかしい。

「じゃあロク……ジャーロク……ほら、やっぱりそうだよ！　シャーロック、シャーロックだよ！」

これは神様の出したちょっとしたヒントに違いない。シックス＝6＝ロク。その記号で呼ぶことに決めたとき、思わずボクは「じゃあ」とつけた。「ジャーロク」という音まできたら「シャーロック」までは九マイルもないよね。

シャーロックと呼んでいい？」

「好きにしたらいい。「ホームズと呼ばれるよりは数段マシだ」

彼はなぜかシャーロックと呼ばれることは気にしないけどホームズと呼ばれるのは嫌らしかった。

「あ、じゃあ、選んでもいいよ。ろくろ首か、ロケンロール上野《うえの》か、ろくでなし鼻高さんってのもある」

「……シャーロックで」

「なーんだ、けっこう気に入ってるんじゃない？」

「ほかの選択肢がひどすぎるだけだ」

「誕生日は？」

「一月六日生まれ」

「ホームズじゃん！」

研究者の間で、シャーロック・ホームズが一月六日生まれというのは定説になりつつある。

「……たまただ」

「え、じゃあじゃあ、どこに住んでるの？」

「上野《うえの》公園」

「ああ……」

ベイカー街って答えると思ってたわけじゃないけど、急速に現実に引き戻されちゃうよねぇ。空気読んでほしいわぁ。でも、そうだよね。ボクが今対面してるのは、やっぱりただのホームレス……。シャーロック・ホームレス。微妙なズレ。ニアミス。

「家屋はやっぱり段ボールなの？」

「表向きはそうだ」

「表向き？」

「私は都民としての正規に届けた家はもっていないが、段ボール製の家屋同様、届け出ていない家屋ならほかにもある」

「……どういうこと？」

シャーロックはくさむらから顔を出し、追っ手がいないことを確認してから立ち上がり、フロックコートについた葉っぱを払い落とした。すらりとした長身の男が、こちらを見下ろし、手を差し出した。つかまると、自分の身体がふわりと綿菓子みたいに簡単に起き上がった。

「仕方がない。ここにいては危険だし、君の望むウェスト・エンド地区ではないが、ウエノ・パーク地区内にあるB街に案内しよう」

シャーロックは、しなやかな足取りで東京藝大《げいだい》の方面へと歩き出した。蔦野《つたの》医科大学は東京藝大にほど近い。そして、その東京藝大は上野公園、正式名称、上野恩賜公園に隣接している。

でもおかしいな。上野公園の中に街なんかあったっけ？　動物園は隣接してるし、美術館や博物館もあったと思うけど。

「さっきB街って言ったよね。それ、上野公園の中にあるの？　聞いたことないんだけど」

「いろんな意味にとれるBだ。かの江戸《えど》川乱歩《がわらんぽ》が団子《だんご》坂《ざか》をD坂としたように、私も自分の街をB街とする。B街２２１番B」

ウェスト・エンド地区ベイカー街２２１番Bがシャーロック・ホームズの住所だ。もしかして、上野公園の中に、ベイカー街があるってこと？

待って待って。そんな非現実的なことあるわけないじゃん。どこまで夢見るワトスンでいたい気なの？　そろそろ現実に戻らなきゃ。妄想は一人でするもの。誰かと共有したら、本当に狂気に変わっちゃうんだからね。

「好きな食べ物は？」

「煙草。薬物は飽きてやめた」

「ホームズじゃん！」

「君もしつこいな。しかし、岩藤《いわとう》家の令嬢がまさかこんな所で探偵ごっこにうつつを抜かしているとはね」

驚いてボクは目をぱちくりさせた。

「……なんでボクが岩藤の家の娘だって知ってるの？」

シャーロックはポケットから何かを取り出した。色素の薄い茶髪の鬘《かつら》。それから、わずかに声色を変える。

「やあ、また会ったね、研修医の杉原正人《すぎはらまさと》だ」

「え！……あれ、シャーロックだったの？」

そう言えばシャーロック・ホームズは変装もお手の物だった……ってますますホームズじゃん！

「数年前から蔦野医科大学には不正入試の噂があった。そこで、合格者発表の日に、どれぐらいの学生が不正入試の被害に遭っているのか調査していたところ、君に遭遇したわけだ」

「そうだったんだ。じゃあ、〈ルームD〉に行かせたのも君の作戦だね？」

「その通り。私が研修医の恰好をしていなければ、君はあそこまで簡単に信じてはくれなかっただろう。杉原正人は実際にあの医科大にいた研修医だ。数カ月前に酔っ払って交通事故を起こして謹慎中なので、ちょっと非合法的なやり方で彼の自宅に入り込んで彼の職員証を拝借しておいた。お陰で、誰にも怪しまれずに関係者しか入れない場所にも自在に入ることができる」

「……うわぁ、初めに会った時に気づくべきだったなぁ。どうも変な赤ら顔のくせに推理力があり過ぎるとは思ったんだよね……」

「外見に騙《だま》されるとは、君もまだまだだな。ところで、君は何かの調査でここへ来たのではないかな？」

「そうなの！　じつは、ある事件に巻き込まれてるんだ」

ボクはすべてをシャーロックに打ち明けようとした。それこそが、記録者たるこのワトスンの役目なんだから。でも、それを遮ってシャーロックは言った。

「副学長の死か」

「わ！　すご！　さっすが名探偵！　ツンツン」

ボクはまたシャーロックの鼻を突っついた。

「やめたまえ」

彼は目を見開いてみせた。さっきより怒ってる！　でもすぐに咳払《せきばら》いして冷静さを取り戻した。

「昨日今日に何か事件に巻き込まれたとなったら、それ以外考えられない。君が犯人なのか？」

「そんなわけないでしょ」

「だろうな。あの副学長を殺して転落死に見せかけるような犯人はもっと腕力がなければならない。君は犯人にふさわしくない」

「すごい、本物のホームズだ！　ツンツン」

「だから鼻を突くな！　君のほうはまだワトスンである証明をしていないぞ」

「もうすぐ医学生になるよ？　不合格になっちゃったけど」

「矛盾した言い草だな。不合格者は医学生にはなれない」

「自己採点では合格ラインをクリアしてるの！　なのに、不合格になったんだよ。ありえなーい」

「不満は大学に言いたまえ。それより、君の所感を聞きたいね。私は昨日、君がタクシーに乗って帰った後に〈ルームD〉へ侵入してみた」

「え！　す……すでに調査してるの？　君はN700系のぞみか！」

「その妙な比喩《ひゆ》も要らない。あの時、奇妙な咆哮《ほうこう》が、事件の発生を私に知らせた。次いで、次々とやってくるパトカーの音。庭園から運ばれる担架。すぐに私は殺人事件の可能性を調べることにした。差し当たってしなければならなかったのは、被害者が飛び降りたと言われている八階の〈ルームD〉を観察することだった」

「まさかそこまで調査してるとは……君はN700系のぞみか！」

「二度言うか」

「気に入ったから。テヘペロ」

「謎がなければ、とうに薬漬けで死んでるさ」

この瞬発力、機動力、まさにホームズの躍動感だ、とボクは確信を抱いた。

「それで、何がわかったの？」

「これが、〈化け犬〉の犯行だということがわかった」

「まさか……冗談でしょ？」

がっかりしたというより、絶望的な気持ちになった。シャーロックまで〈化け犬〉の犯行だと断言しはじめたら、いよいよ鬼太郎《きたろう》の登場を待たねばならなくなっちゃうじゃん。そして鬼太郎は現実にはさすがにいないじゃん。

ボクの混乱をよそに、シャーロックは昨夜の回想に耽るみたいにそっと目を閉じた。


ここで語り手が登場するのは、もちろんシャーロックの昨夜のごく私的な潜入捜査を多少の臨場感とともに読者に伝えんがためである。いくらシャーロックといえど、ワトスンにすべてを開示したりはしない。まだ出会ったばかりの小娘にべらべら真実を話すような男ではないのだ。しかしそれでは読者に対してフェアではない。というわけで、ここではシャーロックが潜入した際にどこに着目していたのかを明示しておきたい。

まず、シャーロックは警備員とマスティフ犬をクロロフォルムで眠らせて、監視カメラを確かめた。事件当時の状況を知るためだ。それが終わると、杉原正人になりすまして医科大に潜入し、その足で〈ルームD〉へと向かった。

〈ルームD〉は、すでに警察によって血痕などがすべて拭《ふ》き取られた状態だった。真っ白な空間に巨大な黒檀《こくたん》のテーブル。あとは答案用紙の入った段ボール箱が全部で九。恐らく、残りの一箱は警察の鑑識に回されているのであろうと思われた。シャーロックは、部屋の壁が簡易な間仕切りに過ぎないことや、飛び降りたとされる窓が意外とまたぐのに苦労する高さにあること、黒檀のテーブルがこの部屋に置かれるにはいささか大きすぎることなどをつぶさに観察した。

とりわけシャーロックが興味を抱いたのがゴミ箱であったということは特筆に値する。空っと言っても何かがそこにあったわけではない。逆だ。ゴミ箱には何もなかったのだ。空っぽ。思い当たるのが、この三カ月あまり、医科大のゴミ置き場にあるごみ袋の量が増えていることだった。

このあたりの事情に関しては、路上生活者ゆえに敏感であった。ふだん、医大の連中がろくに食べずに残す弁当などの類《たぐい》は、路上生活仲間にとっても貴重な食糧源であったが、シャーロックのほうは廃棄された薬品の中から、自らの実験に使用できそうな物質を見つけ出すのを至上の喜びとしていたのである。

さて、そのゴミの量がここ三ヵ月急速に増えている。この事実は事件と何らかの関わりを持つだろうか？

疑問に思いつつも、シャーロックはそこで足を止めたりはしない。夜は限られているのだ。止まっていても時は流れていく。まず無人の学長室の鍵《かぎ》を解錠して潜入する。正面にどどんと掲げられているのは、〈医は神術〉と記された書。自分で書いたもののようだ。

シャーロックはその書を馬鹿にするように無言で鼻を鳴らし、学長のＰＣメールなどをチェックしはじめた。政府の高官との賄賂《わいろ》めいたやり取りなど興味深いものもいくつかあったが、中でも興味を引いたのが、井村里美《いむらさとみ》という看護師とのメールのやり取りであった。単なる業務連絡だけのやり取りなのだが、時折井村看護師がタメロをきいている。極め付きは「じゃあまたね」と終わっているメールがあったことだ。ここにシャーロックは二人のただならぬ仲を嗅《か》ぎ取る。ほかにも、女性への贈り物用と思《おぼ》しき宝石店の未開封の箱など、女の影を感じさせるものがある。

しかし、壁の書棚に目を走らせると、それよりもっと興味を引かれるものがそこかしこにある。大小さまざまな生き物の牙《きば》が、まるで山脈のごとく並べられているのだ。虫眼鏡で観察したところ、それらはいずれも異なった種のものだった。学長は相当な数の生き物の牙を蒐集《しゅうしゅう》しているようだ。果たして、蒐集品は牙だけなのかどうか……。

次いで、亡くなった副学長の部屋へ。井上昭三《いのうえしょうぞう》の引き出しには、かなりの女好きを思わせるDVDの数々が収納されている。そして、壁には学長の部屋にあったのと同じ〈医は神術〉という書が飾られている。その書を眺めるほどに、シャーロックは不快な気持ちになってくる。

その後、シャーロックは、安藤愛璃《あんどうあいり》医師と廊下ですれ違い、医学的見解などを五分ほど話した。安藤医師の凜《りん》とした態度や、何らかの意思、覚悟を秘めた謎めいた瞳《ひとみ》は、常々シャーロックの興味の対象であったから、杉原正人に成り済ます時には、彼女を見つけると決まって話しかけることにしていたのである。そして、雑談のついでに副学長の死に触れてみた。

「副学長の件はたいへんでしたね」

これは安藤医師の反応を見るためだったが、彼女の態度は至って冷静だった。冷静すぎて少し戸惑うほどに。

「ええまったくお気の毒に。でも生前の振る舞いの罰かも」

「というと？」

「我々医師は誰しも傲慢《ごうまん》になりやすいもの。死ぬ時はその報いだと、これは自戒の念も込めて、そう考えてしまうわね」

「なるほど。たしかに、医師は己の業の深さに敏感でなくてはなりませんね。ところで、私は学長と副学長の〈医は神術〉という考えは好きになれません。あなたはどうですか？」

するとと、安藤医師は吐き捨てるように即答したのだった。

「まったく愚かしい思想よ」

「副学長が亡くなったのは、この医大にとっては幸いかも知れませんね。次の後釜《あとがま》までの思想では思いやられます。次の学長は安藤先生ですか？」

彼女は端正な顔を崩すことなく、口元に優雅な笑みを湛《たた》えた。

「とんでもないわ。私なんかここじゃあ色物扱いよ。次を担うのは新島《にいじま》先生でしょう。あなたも研修医ならあまり妙な詮索《せんさく》はしないほうが身のためよ。出世に響くわよ」

安藤医師はそれ以上は余計なことを話すまいとでも言うようにその場を離れていった。

シャーロックには、新島医師について事前に知識があった。警察の取り調べの内容を漏れ聞いていたのだ。事件のあった時刻、新島医師は隣の〈会議室３〉にいたもののイヤホンをしたまま仕事をしていて何も聞いていなかったらしい。何とも胡散臭《うさんくさ》い話だ、とシャーロックは思っていた。それで、この機会に、と新島医師の部屋を訪れることにした。新島医師の研究室は、安藤医師の研究室の二つとなりにあった。

「君は……あまり見ない顔だな」

「ここの研修医です。先生、何回も会ってるんですから顔くらいそろそろ覚えてください」

「すまないすまない」

新島医師は眼鏡を外して拭き始めた。この端正なマスクが、ナイスミドルと言って医学生たちの間で人気だということもすでに調査済みである。どうも彼は落ち着かなくなると眼鏡を拭く性分のようだ。

「杉原君か……覚えたぞ。それで、何か用かな？」

「今日、副学長が亡くなりましたね？」

「……そうだね。残念なことだ」

「先生は〈ルームD〉の隣の部屋にいたのだとか」

「し、仕事をしていたのさ。イヤホンをつけていたから何も聞こえなかったがね。本当に残念なことだった」

シャーロックはじっと杉原の顔を見ると尋ねた。

「何の音楽を聴いてらしたんですか？　僕は音楽大好きなんです。ぜひ後学のために先生の愛聴するＣＤを聴いてみたいですね」

「ああえと、何だったかな、ビートルズか何かだったと思うが」

「アルバム『イエスタデイ』ですか？」

「そう、それだ！　名盤だろ？」

「まったくです」

それから、ふとこの男の襟の辺りに口紅の跡らしきものがあるのを確認した。なかなかこの医科大学は風紀が乱れているようだ、とシャーロックは考えつつ、しばし雑談をしたのち、医科大を後にした。もちろん、シャーロックは新島医師に、ビートルズは『イエスタデイ』などというアルバムは発表していないことは指摘しなかった。


「それで？　手がかりゼロ？」

潜入捜査をしたなんて言うからボクは興味津々で問いかけているのに、シャーロックは顎《あご》なんかさすって曖昧《あいまい》な顔つきだ。何だか、持ち札のどれを隠してどれを提示するか考えてるみたいだ。

「いや、そうでもない。まず第一に、被害者の年齢を考えた。副学長の井上昭三は学長より年齢が上で今年六十になる。対して〈ルームD〉の北側の窓は腰の位置あたりから。初老の男が自殺を図るには、少々またぐのに困難がある。少なくとも、すぐ上の屋上が開放されているのに、あえて〈ルームD〉を飛び降り自殺の場所に選ぶ理由がない」

「なるほど……たしかにそれは不自然。やっぱりこれは殺人なんだね。心肺停止も転落より前だし。でも、どうしてそれで〈化け犬〉の犯罪になるの？」

「人間の犯罪なら、こんな理不尽にはならないからさ」

「でも、現場から逃げた天然パーマの白髪の医師が何か知ってるかもよ？」

「天然パーマの白髪……？　ああ、君が言っているのは、学長の蔦野金吾《きんご》のことか？」

「え！　が、学長だったの？」

あんな間抜けなトイレダッシュマンが学長だったなんて。

「彼は昨日は日中は自宅にいたようで、夕方から捜査協力のために出勤していた」

「でも、彼はボクより先に現場にいたよ。見たもん」

「本当かね？」

「うん、間違いない。まあボクが見たのは逃げてく後ろ姿だけど」

「興味深い事実だな。すると、彼は一度医大に顔を出していたわけだ」

「うん。あの咆哮《ほうこう》の直後に逃げてった」

「私は君と別れてすぐ大学の外に飛び出していたからだいぶ遠くから聞いていたのだが……君はあの建物の八階で咆哮を聞いたのか？　たしかに八階のフロアのどこかから聞こ

えてきたのか？」

「うん。非常階段を上って、八階に着いた時に、そのフロアのどこかから聞こえてきた。けっこう近かったよ。〈ルームD〉かなって思ってたんだけど」

でも、〈ルームD〉を開けた時には、そこはもぬけの殻だった。

「なるほど。私と別れて二分程度の時間だな」

七階でエレベータを降りて廊下を歩いて非常階段に向かったから、たしかにそれくらいの時間かな。

「そしてあの咆哮を聞いて、蔦野学長は逃げ出したわけだ。彼は〈ルームD〉から出てきたのかね？」

「うん。鍵もかけずに慌てて出て行ったよ。びゅーんって。３００系ひかりみたいな感じで」

「そんな速いわけないだろう」

真面目か！

「この事実を知れば、愚かな警察は蔦野学長が犯人だと思うかも知れないな」

「でも、それには足跡の問題とか、もし彼が犯人ならなんでそんなことしたのか、とか首を傾げるところがいろいろあるんだよね……」

「その通りだ。たしかに答案用紙に犬の足跡をつける意味はなく、犬の咆哮を演出する意味も謎だ。しかし、その意味が解ければ、蔦野学長が犯人でもいいことにはなる」

「でも君は、〈化け犬〉の犯行と思ってるんでしょ？　ツン……」

鼻に伸ばしかけた指をシャーロックはさっとつかんで下ろさせた。ミッション失敗。

「まあね。ただ一点、彼がなぜ逃げたのかは気にかかる。通報もしていないということは、死体を見なかったからなのか、それとも別の理由によるのか……。それはともかく、君に〈ルームD〉の事件の時に隣室にいた人間がいたことをお知らせしておこう」

「え、隣室に人がいたの？」

それこそ初耳だった。

「新島壮一《そういち》という脳神経外科医だ。主任で、学長と副学長からの信頼が厚い男で知られている。彼は事件の起こった時、八階の〈ルームD〉の隣の部屋にある〈会議室3〉にいた。会議室の中でも一番面積が狭く、仕事をするのにも休憩するのにも集中できる場所のようだ」

「じゃあ、隣の部屋にいたのに彼は〈化け犬〉の声を聴いても外に出てこなかったってこと？」

「本来なら、壁も取り外し可能な簡易のものだから防音性も低いし聴こえるところだが、あいにく本人は音楽を聴きながら仕事をしていたと主張している」

「うわぁ……怪しいな、その新島って人」

「怪しいのは怪しい。だが、そのような怪しさが何かの決め手になることはまずない。あてずっぽうは危険だ。事件は、いつでも細部のありふれた部分を見逃すことによって複雑怪奇の様相を呈する。新島医師の証言には怪しいところがあるものの、取るに足らないというのが私の今のところの見解でね」

「つまり、シャーロックは、人間の仕業と考えるより、〈化け犬〉の仕業と考えるほうを選ぶってことね？」

「理由はいくらでもあるが、君がさっき教えてくれたとおり、安藤医師は〈化け犬の呪い〉と言っているし、〈ルームD〉には巨大な犬の足跡があった。直前には君も私も咆哮を聴いている」

「でもあんな巨大な犬の足跡が閉鎖的な医科大学の八階にあるなんて不自然だよ」

「どうやって〈化け犬〉が入り込んだかはおいおい考えていけばいいが、被害者が〈化け犬〉に襲われて窓辺に逃げ、頭部を傷つけられて死亡し、身体のバランスを崩して転落したって線は考えられる。ちょうどそこへ通りかかった蔦野学長は、そのシーンを目撃して大慌てで逃げ帰った。どうだい、侵入経路を除けば、〈化け犬〉の犯行と考えても筋が通ってる」

「あり得ないよぉ、こんなの……。お化け肯定派のシャーロック・ホームズなんて聞いたことないし」

するとシャーロックはボクをじっと見た。

「君はさまざまな常識に囚《とら》われすぎている。それでは事件解明はできないぞ。それに君は安藤医師が副学長の死を〈化け犬の呪い〉と評したことを軽んじてはいけないね。仮にもこの医大にいた人間の発言だ。それがどういう意味かわかるか？」

「えええわかんないわかんないわかんないよぉおおお」

「そのとおり。わからないということが重要なのさ」

「あ……正解？　なーんだ、ボクったら天才だなぁ」

「そのポジティブな回復力、恐れ入るね」

「テヘペロ」

「……つまり〈化け犬〉について、我々が知らないけれども、蔦野医科大学の関係者は知っているような何かがあるってことさ」

「なるほど……〈化け犬〉は業界用語みたいなものなんだね？　醤油《しょうゆ》をむらさきと言うみたいな！」

ボクは少し安心した。犯人が〈化け犬〉だなんて奇妙奇天烈《きてれつ》なことを言い出した時はもうどーしよーか頭かち割ろうかとか思っちゃったけど、シャーロックの推理力はハッタリじゃなかったのね。

「そこで、君に尋ねたいことがある」

「うん。スリーサイズ以外なら何でもござれ。あ、でも待って。その前に、ここどこ？」

ボクは話に夢中でしばらくどこを歩いているのか何も考えずにただシャーロックに従ってついてきてしまった。ふと辺りを見回すと、鬱蒼《うっそう》とした木々の繁る日の当たらない場所を歩いていた。

腐葉土の香りがそこかしこに立ち込めている。

そして――大小さまざまな段ボールの家屋が続いている。何ここ……なんかこわいんですけど……しかも段ボールはところどころに小さな穴のようなものがあって、その隙間から時折キラリと目が光ってるし……。

「まっすぐ前だけ見ていろ。ここでよそ見は厳禁だ」

「……先に言ってよ。ねえここどこ？　ロンドンじゃないことは理解」

「見ての通りの、上野公園だ」

「な、何ですってぇえええ！　……って、それも流石《さすが》にわかるんだけど……」

「この辺りは、あまり人は通らない。当然、助けを求める声を上げても、聞こえない。近くには数年前に国がオープンさせた上野世界鳥獣園もある。そのまた隣には上野世界珍獣園もある。みんな動物の鳴き声だとしか思ってくれない。だから、とにかく私の言うとおりに」

「お、おけぴよ……」

上野世界珍獣園はここ数年でもっともマニアを熱狂させた施設だとも言われているんだよね。ずっと興味はあったんだ。行ったことはないんだけどね。この施設が、上野動物園のいささかマンネリ気味の展示へのテコ入れ的な効果を担っていることは明らかだった。そこには非常に稀少《きしょう》な動物ばかりが集められている。中には人工の異種交配によるものも。そんなわけで生き物を見世物にするなって批判も集まっているみたい。いろんな珍獣が集まっているその建物に近ければ、たしかにボクがここでどんなに叫んだって警察は来ないかも。

なーんてことを考えていた時だよ。

数件の段ボール製家屋が、がさごそと動いたんだ。

ゴクリ。思わず唾《つば》を飲み込んだ。

いちばん手前にある家屋の中から、男が一人現れた。ナイフの切り傷みたいな細い目をしたいかつい体型の男だ。その手には、鉄パイプが！　次いで、その他の段ボール製家屋から計四人の男が現れたからもう失神寸前だよ。

ああ人生終わった……。こんなところで、ボクはボロ雑巾《ぞうきん》みたいに嬲《なぶ》り殺されるのか。ボクの命はこのシャーロックにかかっている。本物のシャーロック・ホームズならバリツっていう架空の日本の武術の心得もあるしボクシングも相当な腕前だし、まったく怖くないんだけど、こればっかりはこのシャーロックには期待できそうにない。

だって見るからに喧嘩《けんか》弱そうだし……。

この時の状況について、なぜかワトスンはきちんと記述しておらず、次のページに「なんやかんやで格闘は終わり」の一言でまとめている。理由は明快だ。岩藤すずは意識を失ってしまったのである。

そこで、語り手の出番となる。この名場面を名場面としてお届けするべく、しばし筆を費やすことにする。

「シックス、貴様やっぱり幽霊じゃないな？」

「……答えられんな。幽霊じゃない、と私は言えるが、たぶん幽霊の私も同じように答えるだろうから」

「何わけのわからねえことを言ってやがる！」

たしかにわけのわからないことに聞こえるが、シックスあらためシャーロックのつもりとしては、よく考えればわかることを言ったつもりだったのである。だが、その「つもり」はワンには通用しなかった。

「人間とわかりゃ、もうおめえを恐れる理由はねえ」

「それはよかったな。そこをどいてくれるか？」

そのタイミングで、「ふぉーん」と言いながら岩藤すずは急にシャーロックに寄りかかってきた。見ればすでに口から泡をふいている。

「かわいい子じゃねえか。へっへっへ、紹介しろよ」

シャーロックは岩藤すずことワトスンをその場に横たえると、短く「断る」と答えた。

「何だと？　てめぇ、うちの区画に住ませてやっているのに、俺に紹介しねえとはどういう了見だ？」

ツーだけが及び腰に見えるのは気のせいではない。この者はこの瞬間、以前にシャーロックから肉をたらふく食わせてやるから見張り役をしろ、と言われたことを思い出して、ワンへの忠誠心との間で揺れていたのである。ついでに言えば、忠誠心ばかりか中性脂肪についても考えていた。中性脂肪はたいへん取れにくい。肉はたらふく食べたいが、中性脂肪は困る。それゆえに約束VS忠誠心VS中性脂肪という三つ巴《どもえ》でもうまったく意味がわからなくなっていた。

「その女を寄越さねえなら、出て行ってもらう」

「私は住みたいところに住むし、交友関係にいちいち君の許可は要らないと思うがね？」

「しゃらくせぇ！　やっちまえ！」

ワンの号令でスリーとフォーがいっせいに飛びかかる。彼らは愚かだった。シャーロックはこの日までにすでに彼らの日頃の動きから利き腕や運動神経に至るまですべてを見抜いていたのだ。

したがって、スリーが右手でパンチを作りながら左手にチェーンを隠し持っていることも、フォーが左手に持った割れた瓶は実際にはただの脅しで使用回数がゼロであり、右手の拳《こぶし》だけが頼りであることも知っていた。

シャーロックはスリーの左腕のちょうど肘《ひじ》裏の辺りを蹴《け》って感覚を麻痺《まひ》させると、スリーの右腕をしっかりと握って竜巻のごとく回転させながら地面に叩《たた》きつけた。

次いで、その際に地面に落ちたチェーンを素早く拾ってフォーの右腕をピシャリと鞭《むち》うち、痛がっているところを顔面にストレートパンチをお見舞いした。

と、そうしているうちにゆっくり背後へと移動したファイブが羽交い絞めにしようとしていることも十秒前には知っていたので、しゃがみ込むと、大地に手をつき、逆立ちした両足で相手の顔を挟んで投げ飛ばすという奥義を披露してやった。

これで残るはワンとツー。ワンは馬鹿ではない。今の戦いぶりを見て、それでも自分が勝てるとは思うまい。ワンの腕っぷしは相当なものではあるが、シャーロックの無双ぶりに敵《かな》うほどではない。

「な、なんだ……今の技……」

ツーが絶句していると、ワンはツーの頭を叩いた。

「痛ッ……何すか！」

「おい、腹が減らないか」

「え？」

ワンの唐突な腹減り主張にツーは面食らう。

「腹？　そんな場合じゃ……」

「腹は減らねえかって聞いてんだろうがよ」

「あ、そ、そう言えば、空《す》いた気がします」

「そうだろう。揚げたてのポテトをくれるバーガー屋があんだよ。行こうぜ」

「そそそ、そうっすね！」

ワンとツーは仲良く肩を組んで歩き出した。いや、よく見ると、ツーが一歩歩くごとに痛い、痛いです、と言っているから、たぶん腹を殴られながら歩いている。

ツーはこの時背中でシャーロックに主張していた。

肉の約束、絶対だぜ、シックス。

だが、生憎《あいにく》シャーロックはそんな背中をいつまでも見送ったりはしていなかった。シャーロックはワトスンを抱きかかえると、己の段ボール製家屋へ向かった。

段ボール製家屋に入ると、一カ所穴の開いた部分から覗いている地面の腐葉土を足で軽く何度か撫《な》でた。すると、土がのいて、プラスティック製の蓋《ふた》が現れた。ちょうどすっぽり人が入れるくらいの、マンホールよりやや小さめのサイズである。

シャーロックはまずその蓋を足の爪先で引っかけるようにして開き、穴にすとんとワトスンを落としてしまうと、己もその後に続いた。穴を下った先には柔らかな干し草が敷き詰められている。

そこで体勢を立て直し、すずをふたたび担ぐと、目の前に続く石段を下り始めた。石段はぜんぶで百十七段。途中途中にある電気のスイッチを入れながら、シャーロックはひたすら階段を下りていく。

その薄暗闇は、これまでのシャーロックの人生に似ている。シャーロックは、背中で眠る岩藤すずについて考える。時を越え、この娘と再び出会ってしまった奇遇をどう考えたら良いのだろう？

しかも、今度はシャーロックとワトスンとは。運命はより強固な結びつきを求めているではないか。

ふと、ぽとり、と音がした。

シャーロックは足を止めた。

ワトスンの義眼が落ちたのだった。

シャーロックはそれを拾うと、また歩き始めた。過去の苦い記憶が疼《うず》き出す前に、早く目的の場所へ着かねば。そう念じながら。

長い夢を見ていたみたい。

それも、ひどく嫌な夢。シャーロックに抱っこされて、ベイカー街に辿《たど》り着いたのに、そこにはあのモリアーティ教授の手下たちがいてシャーロックとボクを捕まえようとするの。

――君だけ逃げろ。

――シャーロック！

――私ならバリツの使い手だから大丈夫だ。

ところが、戦い出してみると、シャーロックは弱すぎてまるで相手にならず、こてんぱんにやっつけられてしまうんだ。ボクは泣きだしてしまう。そりゃ泣くよ。泣くしかない展開だもん。

そしたら、いつの間にか、身体が縮んで八歳の子どもに戻ってるんだ。そして、モリアーティの仲間の一人がボクに拳銃《けんじゅう》を向けるの。

――メメント・モリアーティ。

モリアーティを忘れるな。

ああこの言葉……ボクの脳内をこれまでも何度も駆け巡ってきた呪詛《じゅそ》の言葉だ。心が激しく揺さぶられる。

やめて！　やめてよ！

銃弾が飛び出す。

しゅるしゅるしゅるしゅる。

まるで、穴に吸い込まれるみたいに、一直線に銃弾はボクの左目へと向かってくるんだ。でもボクだってただじゃ負けない。左目の義眼を取り外す。銃弾はその左目の穴にコロリン。そのままボクの口のほうに流れてきた弾丸を、ふうっと吹きかけて敵に返す。

ところが――その弾丸が、よりによってシャーロックに命中しちゃったんだ……。

「うぁあああああああああ！」

自分の声で、目が覚めた。ボクはふかふかのベッドの上にいた。上質な手触りから、我が家で使っている寝具と変わらぬ高級品だってことはすぐにわかったよ。肌ざわりが違うもの。

「ずいぶん魘《うな》されていたぞ」

シャーロックはボクのいるベッドの脇の椅子に腰を下ろして、今にも溶けて消えそうな姿勢で煙草を吹かしてた。それがベッドの上質感とはそぐわない安い煙草の匂いで、ボクは起きてそうそうむせちゃった。

っていうか、ここ、どこ？

「投げるぞ」

シャーロックはボクの左目を掲げると、それをひょいと投げてよこした。どうにかキャッチして、ポケットの中のガーゼで丁寧に拭《ふ》いてから自分の目にはめ込んだ。まあ、義眼だから付けたって見えるようになるわけじゃないけどね。

「ここ、どこ？」

「覚えてないのか？」

まだ微《かす》かに頭が痛い。ボクは目を閉じる。思い出せない。さっき、ホームレスの連中に囲まれたところまでは覚えているんだけどな……。

「もしかして、戦ったの？」

「戦いたくはなかったがね」

「うう、見たかった、ひどい、いじめだ……」

「いじめではなかろう」

「拷問だよ、ファイトシーン見れないとか！　それで？」

「なんやかんやあって、まあ君は助かった」

なるほど……。なんやかんやあって……？　何があったの？　まあ諦《あきら》めるしかないか。気絶していたわけだし、ここはなんやかんやで格闘は終わり、ここへ来た、と思っておくしかなさそう。

いや待って、それでここはどこなの？

頭痛をこらえてもう一度目を開くと、右目をきょろきょろさせた。

ボクのいる部屋はベッドがメインで、あとは小さな暖炉と常夜灯の台、ナイトテーブルがあるほかは何もモノらしいモノが置かれていない。それと、ドアが二つある。

この間取り、知っている気がする。たぶん、隣にはもう一つ寝室がある。あの名探偵の助手のための部屋。そして手前のドアは、きっと広々とした風通しのいい居間につながっているに違いない。

ボクは起き上がって、手前のドアを開けた。奥には寝室のそれよりもずっと大きな暖炉、中央には円卓、サイドにある作業用デスクの上には書類が雑然と置かれてあって、コーナーの書棚には分厚い本がひしめき合っている。さらに、左手の細長いデスクには顕微鏡、ビーカーやフラスコ、試験管、ビュレット台、メスシリンダーといった実験道具が陳列されていた。彼がここでいかがわしい実験をやっているのは間違いない。

「ねえ、ここってもしかして……」

うっひょい。マジか。

夢にまで見た場所だった。

ボクは頬をつねった。

頬は、しっかりと痛かった。

神様、ありがとございまーす。

「ようこそ、我がB街221番Bへ」

第五章　B街221番B

目をぱちくりさせる岩藤《いわとう》すずことジョン・H・ワトスンの前で、シャーロックは懊悩《おうのう》していた。

なぜこの娘を連れてきてしまったのか。この十年で築き上げたものがすべてパーになるかも知れないというのに。

だが、時は遡行《そこう》することができない。

「ここってベイカー街をモデルにしてるんでしょ?」

彼女は窓の外に広がる光景を見ながら、目を輝かせた。

シャーロックは返事をしなかった。ただ、苦悩していた。さっきワトスンが見せた義眼のせいもある。自分は出会ってはならない娘と出会ってしまったのだ。そのことが、より明確になった。

「ねえってば、ツンツン」

また彼女は鼻を突いてきた。

「だから鼻を突っつくなと」

「君の鼻は突きたくなるの。もしくは滑りたくなる」

「す、滑る……だと？」

「滑り台になりそう！　つるーんって」

「………」

元を辿れば、シャーロックが彼女に近づいたのは、不正入試を暴く己の手駒にするためであった。うまく彼女を動かせば、必ず大学はボロを出すと思っていた。そうなれば、大学を強請《ゆす》ってこの地下都市B街の拡大に資金を回させることもできるかもしれない。

ところが、接近した瞬間、彼女のネックレスに気づいた。岩藤家のコレクションだということがすぐにわかった。名前もすぐに思い出した。岩藤すず。だが、それがどうしたというのだ。大した問題じゃない、とシャーロックは自分に言い聞かせていた。

しかし、いま思えば、そう自分に言い聞かせられたのは、岩藤すずに関する本当の記憶を封印していたせいだったのかも知れない。

ここで、語り手は一つの手帳を繙《ひもと》くことにしたい。

これはワトスンの手帳とはべつの手帳。シャーロックの手帳である。ワトスンほど几帳《きちょう》面《めん》な感じではないが、才気走った彼の内なる苦悩を垣間《かいま》見ることができる。

「いつまでも街並みにうつつを抜かしていると、珈琲《コーヒー》が冷めるぞ」

私はフラスコで淹《い》れた珈琲をカップに注ぎ入れながら、少女にそう呼びかけた。彼女は窓の外に広がるＢ街の雄大な街並みを眺めていた。

雄大とは言っても、直径にして四百メートルほどのミニマム街区である。蔦野《つたの》医科大の敷地から上野《うえの》公園を直線で突っ切って上野駅前に到達するかしないかのところまでがそのエリアで、内部構造はじつに直線的だ。

しかも、彼女が街区と思っている建物は見せかけだけの壁に描かれた絵であり、実際には高い建物の絵に囲まれた細いアスファルトの通路、〈Ｂストリート〉があるのみ。このフェイクの街並みでリアルの建物はこの〈２２１番Ｂ〉だけなのだ。

私がこの地下都市の創造を思いついたのは、十年前のことだった。

「わ、香ばしい匂い！」

彼女はソファからぴょんと降りてこちらへやってきた。そのへんに倒れていたら白樺《しらかば》の枝と間違えて折ってしまいそうなほど白く細い足。この世のものとは思えぬほど透き通った肌。真夜中という名の香油が振りかけられたかのような艶《つや》やかな黒髪。

さて困った。厄介な娘を拾ってしまったぞ……。

私は人知れず溜息《ためいき》をついた。

あの子だけは関わってはならないのに……。

よりによってB街をこんな小娘に知られてしまうなんて。

この娘はなぜか私を〈シャーロック〉と呼ぶ。

妄想甚だしい。二十一世紀にホームズがいるわけがなかろう。いや、十九世紀に戻ったところで出会えるわけもない。あれは、コナン・ドイルの創作したキャラクター。もしも本当にシャーロック・ホームズに逢《あ》いたいのなら、虚構軸へ飛び込まねばなるまい。ここはあいにく現実の二〇一九年なのだ。

しかし、こんなアジトに連れてきたら、よけいに妄想が強固なものとなってしまったことに違いない。彼女はきっと今、自分は本当にホームズと逢えたのだ、と思っているはずだ。

たしかに、私はこの街をベイカー街になぞらえて計画を立てた。だが、ここで一つ重要なのは、私自身はシャーロック・ホームズではないということだ。それに、一階にハドソン夫人もいない。

「ベイカー街については諸説あると思うんだけど……」

彼女は街並みを眺めながら、感心しつつも「あ、でもドーセット街との交差点がないなぁ、ちっちっち。詰めが甘いよシャーロック」などとぶつぶつ言っている。

「ここはB街だ。ベイカー街とは違う。第一、現実のベイカー街には２２１番Bという番地はないからね」

「でもベイカー街と似てる」

「別物だ」

すべては、人生への果てしない絶望から始まったことだ。

何もかもを失ったものは、何もかもを創り出すことが可能だった。それだけのことなのだ。何ももたず、ゼロ円ですべてを実現する。私はこの十年、それを続けてきた。

今や、すべての食費はゼロ円で賄っている。この地下都市に菜園を設けているから、そこで採れる野菜だけでも生きていけるのだ。

だが、もちろんほかにも私には手立てがある。路上生活の初歩はまず新鮮なゴミを出す食べ物屋、それもほかの路上生活仲間に知られない場所を手に入れることだ。その点、私はそれまでさんざんグルメな生活をしていたこともあり、表向きは古民家にしか見えない高級割烹《かっぽう》料亭などもたくさん知っていた。そういった場所では新鮮な食材をその日のうちに調理し、ゴミも一日一日まとめて外に出す。それが私の三度の食事となる。そういった料亭やレストランを私は上野界隈《かいわい》に十店舗以上知っているから、日によって好きな料理にありつくことができる。

三時のおやつは墓地の供え物と決まっている。これは取り合いになるが、私は芸能人や著名人の墓地を知り抜いているので、やはりこの競争でも難なく生き残ることができた。

では肝心のこの地下都市の材料はどこで？　これも大半は無料である。中には有料のものもある。路上生活者の「しのぎ」として、駅前に落ちていた定期券を払い戻して金に換えたり、捨てられた雑誌をきれいに整えて半額で売ったりといったこともやる。

都市の人々は消費欲求に溢《あふ》れている。彼らは驚くほど簡単にさまざまなものを捨てる。ときには路上に堂々と捨てることもある。

誰もが我々路上生活者のように清く正しくはない。この都市の者たちは皆、日々ゴミを排出して生きるゴミ生産機だ。私のようにゴミを一つも出さず、塵《ちり》一つつかない清らかな暮らしに興じる者とは違うのだ。

「こういう電化製品はどこで手に入れるの？　あと、ベイカー街に液晶テレビはなかった気がするけど」

彼女が見ているのは、室内の壁に埋め込まれた液晶テレビだった。

「毎週粗大ゴミの日にゴミ置き場を見て回る。朝五時だ。そうすると、ゴミを捨てに来る者が現れる。ゴミ置き場から持ち去れば違法だが、捨てに来る者と直接交渉する分には合法だ」

「こんな新品同様のテレビを捨てる人がいるの？」

「山のようにいる。この国は経済が困窮しているわりに、消費の勢いはとてつもない。毎年新しく発売されるテレビに目が眩《くら》んで、現状のまだじゅうぶんに使用できるテレビやパソコンを廃棄する。おかげで私のPCは去年発売されたばかりのものになっている。エアコンなんか二週間も都内を歩けば、十個は集まる。ポイントは粗大ゴミの収集日をよく把握しておくことだ」

「ふうん……。超マメ紳士じゃん」

「マメ紳士……」

「あ、そう言えば服もかなりのハイブランドのようだけど……買ってるの？　さすがにそんないい服は捨てる人いないと思うけど」

「クリーニング屋を回る。五年前に預けたスーツの件で来たと言えば、だいたいどれか出してくれる。店主としても助かるから、あれこれ氏名や住所の確認をしたりしない」

「狡猾《こうかつ》すぎる……ズル紳士」

「いちいち名詞化するんじゃない。無料で生きる覚悟を決めれば、一億を手に生きるよりよほど贅沢《ぜいたく》な暮らしができる。優雅の意味を君たちはわかっていない」

彼女はなおもきょろきょろと見回す。

「あのソファはどうやって手に入れたの？　ズル紳士」

指さしたのは、さっき彼女が窓を眺めるのに膝《ひざ》をついていたソファだった。

「家具屋でソファを買った者の後を尾《つ》け、粗大ゴミ業者を装って自宅を訪問した。新しいソファを買う者は、古いソファを捨てる者だからね。そして、みんなソファを処分するのに金を払いたくない。私が現れたら、喜んで新品同様のソファを手放した。それから、ズル紳士はやめたまえ」

この勢いだと部屋中の家具の来歴を語ることになりそうだった。

「それより、さっさと珈琲に口をつけて、さっきの命題でも考えたらどうだ？」

彼女は口を尖《とが》らせながら珈琲にようやく手を伸ばした。

「猫舌なんだよ。それに、そのことなら、さっきからずっと考えてるよ」

「思考を整理するために君が〈ルームD〉で何を見たのかを話してみたらどうかね？」

言われるままに、ボクは昨日の出来事をシャーロックに話した。それが、ほら、プロローグに載せたやりとり。そうしたらあっという間にボクが『バスカヴィル家の犬』を連想したことまで見抜かれてしまったってわけ。

「まあ君の観察眼が節穴なことはともかく」

「節穴とか言われて『ともかく』で終われませーん」

「……ともかく！　前足か後ろ足かもわからないものの、君の答案用紙に血痕《けっこん》による巨大な生き物の足跡がついていたのは確かなわけだ。それが何者かに意図的につけられたものなら、副学長の死は、採点不正とまんざら無関係ではないかも知れないな」

「ボクが不合格になったことと、副学長の死に関係があるってこと？　ワトスンびっくり！」

「まあそう結論を急ぐなよ。あと、『ワトスンびっくり』とか要らないから」

「だけど、本当に巨大な犬なんて存在したの？」

「物理的に考えるなら、地上八階に巨大犬が侵入できるわけがない。だが、足跡も咆哮《ほうこう》も否定はできない。違うかね？」

「それはそうだけど。存在しないのに足跡がつけられるわけがない、でしょ？」

「そうだな。そして、血痕《けっこん》。なぜ転落した場所ではなく、転落前の部屋に血痕があるのか。これは一見あべこべに見える。あべこべに見える時は、ファッションを考えてみるといい」

「ファッションを？」

シャーロックは頷《うなず》きながら、パイプ煙草をくわえ、先端にジッポーライターで火をつけた。金色のジッポーライターは、ゲームセンターを一日中回ってかき集めたコインでユーフォーキャッチャーをやってゲットしたものらしい。パイプは、とある年寄りの葬儀の翌日に親族の遺品整理のところを訪問して回収したものの中にあったのだそうだ。「業者に任せれば何万とかかる整理をタダでやれるなら、そのほうがいいに決まっている。おかげで私はこうしてニコチンをたっぷり摂取することができる」だってさ。

「まあ私の所持品のことはどうでもいいが、あべこべなファッションは、失敗だ。だが、もしも失敗でないなら、そうせざるを得ない理由があったんだろうね。何らかの事情であべこべにならざるを得なかった。とてもじゃないけれど、完成形だとは思えない」

「完成形……何の？」

シャーロックはパイプの煙をゆっくりと吹かした。それから換気扇を片手で回す。

「決まってるじゃないか。もちろん、殺人の、だ。人間が行なう犯罪としては、あまりに不完全だ。だから言っているのさ。これは〈化け犬〉の仕業に違いないってね」

シャーロックの言葉はボクを驚かせるに十分だった。

「すると、副学長は巨大な足跡をつけた怪物にあの部屋で殺された後で、窓から投げ捨てられたってこと？　何のために？」

「〈化け犬〉の仕業に『ため』も何もありはしないだろう」

「シャーロックは〈化け犬〉が本当にいたと思うの？」

「足跡がある」

「でも、現在までどこにも姿はない」

「でもいたのさ」

シャーロックはまるで決まったことだというふうに言って、円卓の奥の椅子に沈みこんだ。だらりと腰かけ、虚空を仰いでいる時の彼は、クスリでもキメているように見えるんだよね。つかの間、脳を休めているのかも。とか思ってたら、しばらくして、不意に目に生気が戻ってきた。

「ただし、人間の共犯者はいたかもしれない。何しろ、管理の行き届いた医大の中だ。〈化け犬〉が単独で逃げ果《おお》せたとは考えにくい」

「ボクが現場に着いた時にすでに〈化け犬〉はいなかったんだ。そんなことができたのは、直前に現場にいた学長ただ一人じゃないかな」

「ふむ……」

シャーロックは何事か考えるふうに唸《うな》り声を上げる。

「何か気になることでもあるの？　学長は当日現場にいたのに、自宅にいたと嘘をついているし、絶対に何かを隠してる」

「それは間違いないだろうな。だが、どうやって〈化け犬〉を隠した？　君が見たのは彼の走る姿であって、〈化け犬〉を連れ去る姿ではない」

「そこは……それこそ本人に聞けばわかるんじゃない？」

「甘いな。相手に質問をする時は、同時に相手を警戒させていることを知っていなければならない。タイミングを間違えば、もっと大事な大魚を逃がす可能性もある。我々が事件について知り得ていることはあまりに限られている。それが全体のどれくらいの割合なのかがわからぬうちから、安易に関係者に質問を繰り出すのは得策じゃないね」

「あ、それボクも思った」

「嘘をつけ」

「ぶうう」

「もっとも、質問をしなくても、〈化け犬〉を匿《かくま》える場所を確保できるような人間は誰かと考えれば、学長を追及せねばならないのは明らかだがね。私が昨日調査したかぎり、あの日八階にいたのは全部で五人。まず清掃員の男性」

「え？　清掃員？」

初耳だった。そんな人が事件に関与しているなんて。清掃員？　すごい。探偵小説だったら完全なモブキャラ。もしくは、「と見せかけた」隠れ本命じゃん！

「庭園で副学長の死体を発見した学生たちが通報したのに少し遅れて、彼も〈ルームD〉の非常用電話から通報しているから重要な人物ではある。血の足跡という観点から言えば、第一発見者だ。彼は午後一時二十六分に〈ルームD〉に到着すると、そこに掃除道具をいくつか置いてから、モップを濡《ぬ》らしに南端にあるトイレへ向かっている」

「次が、学長ね？」

「そのとおり、と言いたいところだが、それより先に、午後一時二十七分、隣室の〈会議室3〉に新島《にいじま》医師が入室している。これは監視カメラにも映っていた」

「まさかシャーロックは監視カメラまで……」

「もちろん確認した。警備員とマスティフ犬をクロロフォルムで眠らせている隙にね」

そういった危険な薬品を、彼は恐らくあの実験コーナーで作り出しているんだろう。研修医の変装に使った塗料やなんかも、自分で調合したものに違いない。

「そして、その一分後。つまり、一時二十八分に今度は副学長が〈ルームD〉にやってきた」

「それも監視カメラに？」

「ばっちりだ。そして、その次が、お待ちかね、学長」

「そう二十九分。短期間にすごい出入りの量だね」

「そうだな。学長が出て行ったあとは、三十分に君、そして三十一分に安藤《あんどう》医師と続く」

「最後がモップを濡らして戻ってきた清掃員さん？」

「そうなる。だが、この清掃員の話では、一時三十三分に戻ってくる時、廊下で二人の人物と出会っている。一人は新島医師。もう一人が、井村里美《いむらさとみ》という看護師だ」

「二人は一緒に歩いていたの？」

「いや、バラバラに歩いていたようだが、会った地点はいずれも廊下の中間あたり。そこから先に部屋は三つしかない。すなわち〈レントゲン室〉〈会議室3〉〈ルームD〉だ」

「でも、〈ルームD〉の前には監視カメラがある」

「そのとおり。二人が入室した様子は映っていない。だから、この二人は〈ルームD〉には入っていないことになる。だが、この微妙な時間に八階にいたという意味で、ひとまずは〈化け犬〉を匿う候補に入れておこう。君を除くと現状、この五名の人間が八階にいた。それぞれの自宅の情報も調べてある。本当に〈化け犬〉を飼育するなら、それなりの管理スペースや環境が必要になる。聞きたいかね？」

「よくそんなに一晩で調べられたね……」

「限られた時間を最大限有効に使うだけだ。まず新島医師は社宅住まい。恐らくマイホーム資金を貯めている最中なんだろうね。この環境で〈化け犬〉の飼育は難しいだろう。次に清掃員の中村何某《なかむらなにがし》。この男は賃貸の木造アパート住まいだからこれも無理だ。井村看護師はトラックの運転手をしている恋人と同棲《どうせい》中で、やはり飼育は不可能。そして安藤医師だが……」

「彼女はいい暮らしをしてそう！」

推しの私生活、知りたいです、とボクは宣言したい気持ちをぐっと堪《こら》えた。

「たしかに優雅な暮らしをしているようだ。だが、無理だろう。彼女は決まった家を持っていない。ホテル住まいだ」

優雅は優雅でも方向性が違ったか……。それにしてもホテル住まいとか超かっこいい。はあ……朝にシャワーとか浴びてるのかな。尊い。尊すぎてしんどい。

「すると、残るは学長ね？　ほら、やっぱり学長だよ」

「たしかに、学長は金持ちだ。蔦野医科大から五百メートル離れた場所に御殿が建っている。移動を考えても、立地条件として申し分ない。飼っているとしたら、近隣に気づかれぬように秘密裡《ひみつり》に飼っているのだろう」

「うんうん、絶対そうだよ！」

「だがね、ワトスン君。私が気になっているのは、そこまで秘密裡に飼育している生き物の足跡を、わざわざこれ見よがしに現場に残していく意味さ。〈化け犬〉の仕業だと思われることで、飼い主はかなりハイリスクを背負っていることになる」

「怪奇事件だというふうに思わせることには成功したよ」

「そんなふうに思わせる必要がどこにある？　ただ単に自殺だと思われたほうが安全に決まっているじゃないか。そこなんだよ。私がこの事件の犯人が〈化け犬〉だと言っているのは。たしかに私はさっき人間の共犯者がいる可能性も示唆したが、人間が裏で糸を引いているにしては、あまりに混沌《こんとん》としすぎている。だから、もし人間の共犯者がいるにせよ、そいつは〈化け犬〉の言いなりに違いないんだ」

「〈化け犬〉の言いなり……？」

「〈お犬様〉とでも呼んで敬っているような何者かだ。いまだに生類憐《あわれ》みの令の時代で頭が止まっているのかも知れない。〈化け犬〉の言いなりになって行動し、自分が何をしたのかもよくわかっていないんだろう」

「……そんな奴、いる？　その人ヤバくない？」

この現代に、生類憐みの令を信奉している輩《やから》がいるとはにわかには信じがたいよ。でも、たしかに今回の不可解な犯行は、人間主体で考えるより〈化け犬〉主体で考えたほうがいくらか割り切れるのは確かなんだよね。

「愛犬家ともなれば、目に入れても痛くないほどかわいがるそうだから、もはや下僕のようなものだ」

シャーロックは身体を起こした。

「だが、〈化け犬〉の下僕であれ何であれ、世間的に〈化け犬〉の仕業だとバレることにはメリットがなかろう。つまり足跡は、少なくともその人間にとっては消したほうがいいものだったはず。もしもそれができなかったのだとしたら、そこにはどんな理由があったのか」

探偵の脳はフル回転を始めたみたい。

「血痕を消せなかった理由ねえ……あ、途中で誰かが入ってきた、とか？」

「君か？」

「ボクは非常階段のドアを開けただけ。しかもその時にはすでにドアを開けて出てくるところだった。もうちょっと前」

「さっき監視カメラに映った順番は話したはず。学長の後は君。その前はいない」

「うーん……じゃあわかった。〈化け犬〉のいた時間がズレてるんだ」

「君は八階に着いた時に咆哮《ほうこう》を聞いたんじゃないのか？」

「ボクが聞いた咆哮はテープレコーダーだったのかも」

「その場合、犯人は何としてもその時間に〈化け犬〉がそこにいたと思わせたかったことになる。何のために？　考えたまえ。さっき話した蔦野医科大の中限定での〈化け犬〉の意味も可能性も含めて」

ここまでヒントを出されたら、けっこうな子ども扱いだ。

「わかった。蔦野医科大学にいる者しかわからないような何かが理由になっているんだね？」

「察しがいいじゃないか」

あれだけヒント出されればね。っていうかこれ嫌味なのかな。でも褒められると嬉《うれ》しいのはどうしたもんだろうね。これはワトスンの性《さが》ってやつ？

「咆哮や足跡が故意に仕組まれた場合のことだが、その足跡や咆哮が学長逃亡の動機になったのは間違いない。〈化け犬〉が彼らの間で何らかの特別な意味をもっていたことになる」

「そうだね。安藤医師の言葉もあるし」

「そう。そして、少なくとも、〈化け犬〉と共犯者X、安藤医師の間ではある種今回の殺人には了解事項があった。〈化け犬の呪い〉という言葉には、殺されて当然というニュアンスが感じられるからね」

「安藤医師も共犯者ってこと？」

「それはない。ただし、共犯者Xは、安藤医師に知られることが避けられないとわかって、足跡をあえて残したのかも知れない」

「ふむ……つまりメッセージってことだね？」

一見、筋は通っている。でも数学で言えば、いまだに未知数をXと置いて計算して答えを出しているような感じ。最終的にこのXが解明されないと、真の意味で解けたとは言えないよね。

「でも、どう考えてもあの短時間で〈化け犬〉を運び去るのは無理だと思うんだけどなぁ」

「……」

「化け犬を隠すいちばん手っ取り早い方法は、隣室に隠すことだ」

「隣室に？」

「〈会議室3〉だ」

「でもあそこには新島医師がいたんでしょ？」

「その新島医師は、学長からも副学長からも信頼の置かれている男だ」

「あっ……びょびょーん」

　そうだ、やっぱり新島医師は最重要容疑者候補じゃん。しかも、彼はシャーロックの調査によれば咆哮を聞いていない。いくらイヤホンをして仕事に集中していたとはいえ、あの声が聴こえなかったというのはやっぱり不自然。

「でも新島医師であれ学長であれ、いずれは〈化け犬〉を運び出さないとダメでしょ？　それはどうするの？」

「医療用のストレッチャーにでも載せて上から布をかけ、業務用のエレベータで外へ運び出せばいい。医大には、大きな医療機器もいっぱいあるし、巨大犬一匹載せて運べる荷台ならきっとたくさんあるだろう」

「ふーむ。でもさでもさでもさ、いくら特別な意味があるにしても、警察の捜査対象となる殺人事件で〈化け犬〉の痕跡《こんせき》を遺《のこ》すことはやっぱり危険だよね。飼育者も限定されてくるし」

「まったくだ。実際、君はそれを理由に学長が怪しいと言っている。たとえ新島医師を共犯者に加えたところで、学長が怪しまれることに変わりはない」

「手詰まりかぁ……」

ない。

なぜかシャーロックは余裕たっぷりの様子だった。彼はすでに論理の突破口を見出《みいだ》してるのかな？　珈琲《コーヒー》は、ボクの頭痛を取り除きつつあった。でも思考はなかなか冴《さ》えてはこない。

学長も、新島医師も、安藤医師も、犯人と考えるにはたしかに何かが足りない。

だから――〈化け犬〉なのか。バケモノの仕業なら、不可解なことがあっても納得するしかないもんね。よし、鬼太郎《きたろう》に頼んで万事解決……って言ったら簡単なんだけど。

「そうだ、ボク、現場を撮影したんだけど、見る？」

「……なぜ早く言わない？」

「忘れてた」

「記憶力はいいんじゃなかったのか？」

「テヘペロ」

ボクはスマホを取り出して、シャーロックに写真のアプリを開いて見せた。一枚目は血《けつ》痕《こん》のアップ。二枚目は引きのアングルで〈ルームD〉全体を写したもの。

「君の答案用紙以外にも三つの答案用紙に同様の血痕が見られるな。ただし、色は君のよりずっと薄い。君の答案用紙の下にあったんだろう。私見では、これはべつべつの足のそれではなく、すべて同じ一つの足の跡に見えるね」

「君がそう思うならね」

「たしかに左右の違いとか、前足後ろ足の微妙な違いがないね……。ちなみに、拡大するとわかるけど、このボク以外の答案用紙は受験番号がボクの後ろの222、223、224の三名のものなんだ」

「その三名は合格していたのか？」

「いや、してない。まるごと飛ばされて次は245とか、それくらい後ろの番号だった。医大に入るのって、通常の大学入試の何十倍も難しいからね。不合格者は山盛り出るもんなんだけど」

「だが、君は自分は合格点に達していたと確信しているわけだ。ほかにもこの中に合格点に達していた者がいただろうか」

「んーわからないけど、そのうちの一人の学生は、事務局に抗議に来てた女の子だから、たぶん本人は受かる気でいたんじゃないかな」

なるほど、と言うと、シャーロックは何事か考えるふうに黙った。それから、スマホの画面を相当な倍率まで拡大し、さらに実験台に置いてある虫眼鏡を使って覗《のぞ》き見た。よく知られた虫眼鏡とシャーロック・ホームズのショットにボクは密《ひそ》かに興奮していたけど、悟られないように平静を装った。

「名前が読み取れたぞ。メモをとれ。小宮《こみや》美智《みさと》、粟井《あわい》ちなみ、いずれも女性の名前だ。じつは蔦野医科大学の不正入試で数年前からやり玉に挙げられているのは、女性差別問題でね。女子の受験生は男子の受験生より二十点マイナスで点数をつけられているのではないか、という噂だった」

「何それ……もし本当なら、ひどい話だよ！　許せない！」

「恐らく本当だろう。だが、今はマスコミも蔦野の権力に圧《お》されて言えずにいる」

「そんなに権力があるの？　ムキムキじゃん」

「ムキムキ……？」

シャーロックは首を傾げつつ、よくテレビなどで目にする保守団体の名前を挙げた。

「蔦野はその団体でも理事を務めている。この団体は、現政権に多額の寄付をしていることでも知られていて、蔦野の発言は、その団体でも重要なものだ。マスコミはそういう腫《はれ》物《もの》には触ろうとしない」

「そんなの絶対におかしい！」

「ほかにもそう思った者がいるんだろうな。たとえば、〈化け犬〉とかね」

その瞬間、ここがロンドンの地下になった気がした。意志をもった〈化け犬〉が、副学長を呪い殺す。

――これも〈化け犬〉の呪いですわね。

安藤医師の言葉は、そういう意味だったんだろうか。

「とにかく、現段階ではまだ何もわからない。性急な判断は、真実を遠ざけることになりかねない。君を含めたこの四人が自己採点で合格点に達していたのかどうか、すぐに確かめてみるんだな。話はその後だ」

「ボクが調べるの？」

「助手なんだろ？」

「そうだけど……なんか心細い。がぶり」

「腕を噛《か》むな」

「噛んだふりだよ」

いやだなぁ、いくらボクでも本当には噛まないよ。ちっちっちっ。

「動機に関わる重要な調査だ」

「無理だよ、そんなの！　一人でなんて不安で死んじゃう！」

するとシャーロックは小意地の悪い顔つきになった。

「頭を使え。頭がないなら、金でも親の脛《すね》でも執事でも何でも使うんだな。金持ちのワトスン君」


その後、シャーロックは岩藤すずに目隠しをつけると、手を引いて別ルートを辿《たど》って上野駅前のマンホールから外に出した。

あまりにくねくねとしたルートを通ったので、岩藤すずはまた再びB街へ一人で訪ねることは不可能だろうと落胆した様子だったが、シャーロックは次に会えることを保証しなかった。そんな保証は、人生において役に立たないことをシャーロックは知り過ぎていた。

「調査がうまくいくことを祈る。私のほうは、郷土資料を当たっておこう。蔦野家は代々医者だったと聞く。歴史を辿れば、〈化け犬〉とのつながりが見えるかも知れない」

「歴史が絡んでいるの？」

「ただの犬なら歴史はないが、生き物が化けるのにはそれなりの歴史が要るからね」

「明日《あした》も行っていい？」

「約束はやめよう。また来るべき時が来れば、会えるだろうさ」

「来るべき時って？」

「時にでも尋ねたまえ」

いささか冷たい返しとは思いつつも、シャーロックにはそれ以外の返しは浮かばなかったのである。

しょんぼりと駅へ向かって歩き出すすずを、シャーロックはじっと見守った。

シャーロックは額に手を当てて目を瞑《つぶ》った。その仕草は、さしづめ美しい幻想を見かけた者が、現実へと立ち戻るためのそれのようであった。

さてさて、ここは蔦野医科大の安藤愛璃《あいり》の研究室である。

安藤医師は回転椅子に足を組んで腰かけ、ゆっくりと回りながら考え事をしている。右に回ると、脳が左に回っている感じがする。そういうとき、いつもよりいっそう頭の回転が速くなった気がする。

しかし妙なこともあるものね、と安藤医師は考える。

誰が計画を邪魔しているのかしら？

ノックをする音がした。

「どうぞ」

ドアが開く。

入ってきたのは、新島医師だ。さらりとした髪、健康に磨き抜かれた白い歯。医学生の間では、貴公子扱いだという話だが、安藤医師は興味がなかった。

「珍しいわね、蔦野医科大のプリンスは私のことが苦手だと思っていたけれど。何がご用？」

「犯人は、君じゃないのか？　ヒールの音が聴こえたぞ」

間抜けな男ね、と彼女は思う。こういう男ならごまんと相手にしてきた。どれも手玉にとるのは簡単。でも、男たちはそうは思わない。自分が彼女を支配できると思い込んでいるのだ。

きっとこの男も、こんな事実で優位に立てると思ったのだろう。

バカみたい。

「足音が聴こえたってことは、イヤホンしてなかったんじゃないの？　新島君？」

安藤医師は新島医師のシャツのあたりにうっすらとついた口紅の跡を指で突っついた。

「ちゃんと洗濯したほうがいいわよ、これ。うふふ」

新島医師は憮然《ぶぜん》とした表情になって部屋から出て行った。もっと上機嫌かと思ったのに。

何しろ、おかげさまで次期副学長はあなたで決定なんだから。

バタン、とドアがしまった。足音が遠ざかったのを確認してから、安藤医師は電話をかけた。少し、甘い吐息の混じった声色で。

「学長、折り入ってお話ししたいことがあるんです。明日の朝、できればお仕事の始まる前に」

その少し前の、またべつの人物の行動もここで記しておこう。

なんと、井村里美看護師もまた蔦野学長に電話をかけていたのである。彼女のほうは、自宅のバスタブから、かなり怒りながらかけた。

「もう！　どうして昨日は約束をすっぽかしたんですか？　信じられない！」

すまないすまない、と電話の向こうで学長は弱々しく繰り返している。ふだんは女に対して横柄な態度ばかりとっている学長だが、井村看護師の前では怯《おび》えた子羊のようになる。

「最近、ちょっと私のことおろそかにしてるんじゃないですか？」

「そ、そんなことはない……」

「本当に？」

「本当だとも」

「愛してますか？」

「愛してるとも」

「よかった。じゃあ、明日は勤務前に、どうですか？」

「……勤務前か……んん、まあ、そうだな……」

「朝の八時半。絶対ですからね」

「わ、わかった……ぜったいだ……」

「繰り返しますけれど、本当に愛してます？」

「むろんだよ」

「じゃあ、愛ちてるよさとみんって言ってください」

「あ、あ……あいちてるよさとみん」

「うふ。私もです」

井村看護師は電話を切ると、鼻歌まじりに髪を洗い始めた。あんなふうに怒ったけれど、本当は昨日はちょっといいこともあったのだ。まあ、学長には内緒だけれどね。

「たらりらんたらりらん♪」

その調子はずれな鼻歌は、じつは相当に大きな声である。彼女は地声がたいへん大きく、隣の部屋や上下の部屋の住人にまでその地獄のような鼻歌は響き続けていたのであった。

「うるせえぞ！」

リビングから恋人が怒鳴る。そう、彼女には恋人がいる。でも、乱暴な男だし、この付き合いも長くは続くまい。学長、いまの奥さんと別れないかな？　そうしたら玉の輿《こし》なんだけどな。彼女は本気とも冗談とも明確な線引きをせずにそんなことを考えながら、シャワーでシャンプーを洗い流した。

大人の世界はこのように思惑と思惑の玉つきゲームのようなものである。かくして二人の女性からの朝の誘いを天秤《てんびん》にかけ、蔦野学長は悩んでいる。

しかし、その顔色はきわめて悪い。甘いピンク色の悩みを抱えているようには微塵《みじん》も見えない。

そして、実際のところ、彼にはまさに死期が迫っていたのである。

第六章　真夜中の図工

自宅に帰り着いたのは夕方の五時だった。

「ずいぶんと遅いお戻りですね。ロンドンにでも行っていたのかと心配しましたよ」

叢雨《むらさめ》はしれっとした顔で嫌味を言う。〈涼しい顔で嫌味を言う選手権〉なんてものがあれば、そこで優勝できるんじゃないかな。

「ロンドンに行ってきたんだよーん」

こちらもとぼけて返す。まあ、半分正しいし。

「……お嬢さま。そろそろ空想ごっこも終わりにしていただかないと。いずれお嬢様は医師としての意志を受け継がれるのですから」

「ぷっ！　今のダジャレ？　叢雨もすっかりオジサンねぇ」

「お嬢様！　私は真面目に言っているんですよ！」

叢雨はオジサン呼ばわりされるとムキになるんだ、昔から。

「まあそんな興奮しないでよ。老けちゃうよ？」

「ふ、老け……オホン！　それで、不正入試に関する調査の結果は出たのですか？」

「そのことだけど……叢雨に調べてほしいことがあるのぉ！　この子たちが医大に合格しているかどうか」

　ボクは三人の名前を書いた手帳のページを破いて渡した。

「叢雨の人脈を使えば、楽勝でしょ？　ね？　ね？　ね？」

　叢雨は人脈の宝庫なんだよ。あらゆる人と何らかの付き合いをもっているのではないかと疑いたくなるほど、顔が広いんだから。以前、叢雨が言っていたことがあるんだ。

　――お屋敷の安泰を図ろうとすれば、街を知り尽くすことになります。東京にあるこのお屋敷をお守りするなら、東京全体を掌握すること。これは必須《ひっす》でございます。

　叢雨の業務内容については、詳しくはよくわからない。でも、たとえば以前、何気なく入ったカフェでカップを落として割りそうになった時、そこのウェイトレスがどこからともなく現れて素早くそれをキャッチして「大丈夫ですか、お嬢様」と口走ったことがあったんだよね。すでに叢雨からウェイトレスに私の身元が知らされていたの。

　そんなわけだから、ボクは叢雨に頼った。

　叢雨はしばらく考えるようなふりをした挙句に「まあ、手を尽くしてみましょう」と答えた。

「お願い！」

「仕方ありませんね。後ほどお部屋にお伺いします」

叢雨大好きぃ、と言ってボクは部屋に引き上げた。でもどうにも落ち着かないんだ。まだB街の街並みが目蓋《まぶた》の裏に焼き付いてる。あんなすごい街並みを、シャーロックは一人で創り上げたんだなぁ。しかも、ゼロ円で。もう一回行ってみたいなぁ。帰り道に目隠しさえされていなければ、もう一度自力で遊びに行くんだけど……。

と、そんなことを考えていると、部屋のドアがノックされた。

「はや……！」

まださっき大広間で会話してから五分と経っていないのに。ドアの隙間から、すうっと白い紙が差し込まれた。ドア越しに、遠ざかる叢雨の足跡が聴こえる。

ボクはその紙片を広げてみた。


いずれの方も、自己採点では合格しておりました。

叢雨

秘密文書みたいな報告の仕方だね。まあ、秘密文書ではあるか。こんな会話、メイドの一人にでも聞かれたらマズいもんね。

つまり、ボクを含め、四人全員が自己採点では合格点に達しているのに不合格にされたってことか。これって偶然かな？

受験番号が四人連続で女になるのは珍しくもないことかも。でも、その四人がいずれも自己採点では合格点なのに不合格にされた、となると、単なる偶然とは思えないよね。

あらかじめ、ボクたち何名かは不合格になるように割り振られていたんじゃないかな。

たとえば――確実に不合格ラインにいる受験生はランダムな番号で受験しても、点数でしっかり不合格にできる。でも、合格ラインに乗っているボクたちは、まとまった連番の受験番号にしておいて、ほかの合格させたい受験生の点数との兼ね合いによって、まとめて不合格にする、という指示をしておいたのかも知れない。

そうすれば、採点者が誰であれ、ボクたちを不合格にすることができる。

副学長殺害は、不正受験を恨んだ受験生の犯行って可能性もあるのかな？　犯行動機としては一番すっきりしている。ボクの答案用紙に血痕《けっこん》の足跡がついていた理由にもなるし。

でも、いろいろ腑《ふ》に落ちない。

シャーロックの見解では、どれも同じ一つの足のそれみたい。四本ある足のうち一本にしか血痕はつかなかったことになる。しかも、答案用紙四枚にだけ付着した。

もちろん答案用紙四枚に付着したことで、〈化け犬〉の足の裏がきれいになったのかも知れない。でも、少しできすぎていない？　警察だって、鑑識が徹底的に調べれば、もっと目視では確認できないくらいうっすらとした足跡がそこかしこについていると判別できるかもしれない。

でも、もしも答案用紙以外に足跡はまったくなくて、犬の毛のようなものも一切落ちていなかったとしたら？　その場合、あの部屋には〈化け犬〉なんていなかったことになるよね。あの短時間で姿を消したと考えるより、はじめからいなかったんだって考えたほうがはるかに簡単だもん。

「そうだよ……やっぱりあの医師だよ……」

ボクの脳裏に浮かんだのは、新島《にいじま》医師の存在だった。まだ見ぬその人物は、ボクが〈ルームD〉にいた時、隣室の〈会議室3〉で仕事をしていたらしい。しかもイヤホンをしていたため、咆哮《ほうこう》さえ聞いていないという。

ボクたちは犯行現場自体をミスディレクションされていたんじゃないのかな？　つまり、犯行現場は〈ルームD〉ではなく〈会議室3〉。犯人は血がついた〈化け犬〉の足の裏に答案用紙をつけてから、その答案用紙を隣の〈ルームD〉に投げ込んだ。紙を投げ込むだけなら一瞬でできそうじゃない？

問題は副学長をどうやって庭園に落としたのかよね……。〈会議室3〉にも窓はあるだろうけれど、その窓は東向き。庭園に面した北側に窓があるのは、角部屋で二面採光の〈ルームD〉だけ。となると、犯人は死体を移動して〈ルームD〉から投げ捨てないと、北側の庭園に転落させることができない。

「いい線いってると思ったのになぁ……」

これも惜しい気がしたけどやっぱり駄目か。

でも、答案用紙四枚にしか足跡がないのはやっぱり不自然だよね。どんな方法で〈化け犬〉を消したのか、はたまた最初からいなくて足跡だけを持ち込んだのかはわからないけど、とにかくこれは犯人からのメッセージなのは間違いないよ。何しろ、その四人が全員不正入試の犠牲になっているんだから。

たとえば、ボクと同じように合格点に達していながら不合格となった誰かが、大学側に「おまえたちのやったことはバレているぞ」と知らしめようとして、こんな形でメッセージを遺《のこ》したのだとしたら……。

ボクはシャーロックのことを考えた。彼もこれくらいの推理は当然浮かんでるんだろうな……。今夜もあの無人のB街で眠っているのかな。あんなにもがらんとした地下都市が東京のど真ん中にあることを、誰も知らないんだ。

目を閉じると、シャーロックがせっせと石を積み上げている場面が浮かんでくる。わからないのは、シャーロックがあそこまで熱心に地下都市を作り上げた理由なんだよなぁ。執念に近いよね。もうまるで蜘蛛《くも》じゃん。蜘蛛って、何度巣を壊されても巣をつくることをやめようとはしないんだよね。ベイカー街は、シャーロックの脳裏に焼きついた巣だってことなのかな。

電気を消す。この瞬間が、いちばんきらい。

本当は電気をつけっ放しで寝たい。でもそうすると、叢雨が外から確認して夜中にこっそり電気を消しにくるから、そのタイミングで目が覚めてしまうんだ。だから仕方なく自分で消す。でも、電気なんか消したくない。ボクは怖がりなんだ。

暗闇にいると、不意に目覚めながらにして悪夢を見るときがある。

目の前で人の顔が西瓜《すいか》みたいに破裂する。

西瓜……。ボクはそれを見ながらそう思うんだ。

それがどんな残酷な感想かも、何も考えずに。

それから呼吸が変になる。

ボクは、妄想の中の自分の稚拙さゆえに、嘔吐《おうと》を催す。いつもそうだ。それからないはずの左目が痛くなる。

たぶん、この悪夢は、ボクが左目を失ったあの夜にあった出来事と関係しているに違いない。ボクはその夜のことを思い出そうとすると、いつも靄《もや》がかかったみたいになってしまってダメだ。

ああもうスイカなんて消えてくれよ。夜なんか大っ嫌いなんだ。

毛布をかぶる。助けて。シャーロック。

シャーロック……。

その時、ふと思いついた。

「そっか！」

あるじゃん。B街にもう一度行く方法。超簡単な方法。

ボクはすぐに着替えを始めた。

私は悪夢から目覚めた。時計を見る。午前三時。まだいつもなら眠っている時間だ。

暖炉に薪《まき》をくべて火をつけ、パイプをくゆらせる。どうやら今夜はもう睡魔に好かれそうもない。眠ったところで、また悪夢を見るだけだろう。

目の前にいる少女が、鮮血を浴びたシーンで目が覚めた。その少女は、岩藤《いわとう》すずだった。

悪夢は悪夢でしかない。私は脳を切り替え、彼女の悩みについて考えだす。気持ちを切り替えるのは、昔から得意なほうだ。しばらくベルギー派の有名な画家たちの画集などを見て過ごした。画集は、考え事にほどよい想像力を与える。

蔦野《つたの》医科大学の〈ルームD〉でいったい何が起こったのか。

問題の焦点となるのは、やはり〈化け犬〉だろう。

私は、ワトスンが撮った写真にあった足跡を思い出す。A4サイズの答案用紙の三辺に内接するほど、足跡は大きなものだった。あんな犬が現実にいるとは思われない。いるとすれば、〈化け犬〉だ。

「待てよ……そうか。原寸大を作ってみればいいのか」

考えが決まれば、即座に動き出すこのフットワークの軽さこそが私の持ち味だ。実際には、考え始めた時には、すでにその先の結論までがぼんやりと見えている。

夜の空気は深々と冷え込んでくる。

私は一度地上に出ると、カッターを使い、ワンたちの段ボール屋根の部分に素早く切り込みを入れ、それらを奪って逃げた。

「シックス！　貴様！」

やれやれ。これでまた私の永住権が遠のいた。

ふたたび地下へ潜る。そこは意識の穴に似ている。ロンドンの地下の匂い。懐かしいのかどうか、よくわからない。私がベイカー街で暮らしていたという記憶は存在しない。存在しないが、私はコナン・ドイルの書を頼りに、それを復元し、自分にシャーロックと呼び掛ける娘と知り合った。これは何らかの必然なのか？

手際よく段ボールに切り込みを加えていく。段ボールは様々な切り込みを入れることで、驚異的な強度の建築物へと変貌《へんぼう》を遂げるのだ。このB街の一部にも段ボールは使用されている。

手先は幼い頃から器用である。おまえの手はどんな美しいものも、どんな醜いものも、自在に創り出すことができるだろう。父は私にそう言ったものだし、私自身もその言葉はそのとおりだと思った。折り紙だろうと砂遊びだろうと、粘土遊びだろうと、私には創り出す前から、完成の形が見えていた。

やることは簡単だ。まず、答案用紙にあった犬の足跡から、段ボールで実物大の大きさを作り上げるのだ。そのために必要なのは、動物の骨格に関する正確無比な知識であるが、これは私にはもともとの教養として備わっている。

犬の体は横から見ると、およそ頭部と尻尾《しっぽ》を除いた部分がすっぽりと正方形に収まる。そのサイズは、足の大きさにある程度は比例すると考えてよい。したがって、大きめの正方形の箱をまず段ボールで作り、その足跡や歩幅を鑑《かんが》みれば、前足はこれだけの太さ、後ろ足はこんな感じ、首から頭部にかけてはこれこれ、胴体はこれこれ、とおよその感覚から全体像が導き出せるのだ。

下書きなど要らない。一筆書きのように実作に挑み、ズレのない状態で完成させる。それこそがもっとも無駄がなく、時間も短縮できるのだ。時間短縮は、大いなる使命だ。

「よし、完成」

時計を見れば、明け方の五時になっていた。まだじゅうぶんに夜と言って差支えの無い暗さを保ってはいるものの、わずかな違いとして、梅の香りが漂い始めている。この時期は、少しずつ季節が薄皮を剝《む》くような速度で変化している。

今夜も例外ではないようだった。

地下街の灯が、我が制作物を照らす。そのシルエットを見て、ひと目で判断できることがあった。

それはつまり――。

「この大きさの犬は、部屋のドアから出入りすることもできない」

待て、どういうことだ？　あの足跡はどうなる？

〈化け犬〉があの部屋に足跡を残すことは不可能ではないか。

冷静になれ、と私は自分に言い聞かせる。
A　副学長はあの部屋で死んだ。
B　副学長はべつの場所で死んだ。
もしもAなら、足跡は見せしめか、死者以外の人間への脅迫の意図。Bなら、殺害後にあの部屋に移動させなければならない必然性があったということになる。

Bの場合、べつの場所の候補として真っ先に浮かぶのは隣接する〈会議室3〉だろうが、あそこのドアだってこの〈化け犬〉は出入りできまい。そのまた隣にある〈レントゲン室〉なら出入口がかなり広いから可能かもしれないが、防音壁だから咆哮が外部に音漏れすることはない。

「いやそうじゃない……ダメだ。監視カメラのことを忘れている」

そう。監視カメラには午後一時二十八分に〈ルームＤ〉へ入る副学長の姿が捉《とら》えられているのだ。つまりＢは有り得ない。なのに、〈ルームＤ〉にはあの足跡のサイズの犬は入れないのだ。

やはり〈化け犬〉という現象を読み解かねば。

足音がしたのはその時だった。私は咄嗟《とっさ》にナイフを手に取り、侵入者に備えた。十分に警戒はして生きているが、それでも何者かにこのアジトがバレてしまったことはあり得る。が、ドアの入口に立っていたのは、白樺《しらかば》の小枝のような華奢《きゃしゃ》な体つきをした岩藤すずだった。

「でか！」

私の作り上げた〈化け犬〉を見て、彼女はそのような驚きの声を上げた。彼女はデニムとセーターの上からダッフルコートを羽織っただけという恰好《かっこう》で、いささか寒そうに見えた。

「物騒だな、こんな時間に」

私は小言を言いながら、彼女のためにガウンを羽織らせてやった。

「過保護だよ、シャーロック。いくらボクがかわいいからって」

「どうやってここへ？　目隠しをして駅に送ったはずだが……」

「ちっちっち。天才ワトスンをナメてもらっちゃ困るなぁ。スマホに地図アプリを入れてるから、自分が過去にどんな道を通ったのかが全部わかるんだよねぇ」

地図アプリにそのような活用法があろうとは思わなかった。

「これ、君が作ったの？」

彼女の興味は、この段ボール製〈化け犬〉にあるらしい。

「そうだ」

「シャーロックがこれを見ながら何を思っていたのか、当ててもいい？」

「好きにしたまえ」

それより早く連れて帰る必要がありそうだ。

朝になれば、彼女の家の者が探すはずだ。

そんな私の思惑をよそに、ワトスンは言った。

「これじゃあ、ドアから出入りすることは不可能」

「そういうことだ」

なるほど、ジョン・H・ワトスン同様、馬鹿ではないらしい。

「この巨大な犬が被害者を殺したというのなら、殺害現場はべつの場所ということになる。だが、肝心の副学長は一時二十八分に〈ルームD〉に入った。出るところは映っていない。その二分後には死体で発見されている。たったの百二十秒の間にあの部屋以外の場所へ行って殺されたとも思われない」

「でも可能性はゼロじゃない、でしょ？」

「無論。大学病院はでかい。他にもいくらでも可能性はあるだろう。たとえば、〈ルームD〉のすぐ下の階や、反対に屋上。すぐ下の階には〈解剖室〉がある。死体の出し入れもあるからつねにスペースは混み合っているが、ドアの開閉は大きくできるから〈化け犬〉も通ることができる。手際さえよければ、百二十秒で八階と七階、または八階と屋上を往来するという離れ業も不可能とはいえない」

「屋上が犯行現場だとしたら、どんな方法があるの？」

「殺した後、死体と答案用紙をロープかワイヤーを使って運ぶという方法をとれば、七階だろうが屋上だろうが、どちらでも可能は可能だ。そこまでする意味は不明だが」

「八階が現場だと思われたほうが都合がいいってことはない？」

「それはあるかも知れない。だが――」

つまり――どういうことなんだ？

何かが引っかかる。私は顎《あご》をさする。

すると、ワトスンが私の顔を覗《のぞ》き込んできた。

「その仕草、ホームズっぽい！」

「……興奮するな、気が散る」

「ぽいぽい！」

「ぽいぽい言うんじゃない！」

本人に自覚があるか知らないが、彼女は興奮しはじめると、その場でぴょんぴょんと跳ねる癖があるようだ。ウサギなのか何なのか。

「それより、この〈化け犬〉を移動させるぞ」

「え、どこへ？」

「蔦野医科大学の前だ。見せたい人間が、そろそろ出勤時間だ」

彼の曜日ごとの出勤時間はおよそ把握している。私は、その人物の反応を見たくてこれを作ったのでもある。

段ボールを折り畳んで場所を移動し、警備員がうつらうつらと眠りこけている蔦野医科大学の前にやってきた。

いま、この瞬間なら、どんなオブジェを広げようとも誰にも文句は言われない。マスティフ犬も今は寝静まっているようだ。

私と彼女は脇に抱えてきた段ボールを再び組み立てて〈化け犬〉を直立させた。

〈化け犬〉は白い巨塔を前に、じつに堂々とした様子であった。

やがて、待ち人が現れた。

蔦野医科大学学長、蔦野金吾《きんご》。

この蔦野医科大学という現代の城塞《じょうさい》における城主。保守団体の理事も務め、政府にも出資する権力者。

だが、今の蔦野にはその威風は欠片《かけら》もなかった。

蔦野は私たちの存在に気づかずに通過したが、さすがに巨大なオブジェばかりは無視することが叶《かな》わなかったようだ。

じっと見上げたその顔が青ざめて見えたのは、低血圧のせいばかりではあるまい。私は巨大犬オブジェが、蔦野に何らかの記憶を想起せしめることを期待した。

〈化け犬〉がここにいた。さあ、城主よ、何を考える？

いまおまえの城で起こっている怪事件とこの〈化け犬〉を、おまえはどう結びつけるのだ？

蔦野は、まるで逃げ出すような早足でそこから立ち去ると、白い城のゲートへと消えた。

それが、生きている蔦野金吾学長を見た最後となった。

第七章　学長死す

たいへんたいへんたいへんだよ！　事件ですよ事件！

あーどーしよー、落ち着こう！　そうしよう！　ええと、まず、第二の事件が起こったのは、その日の午前八時半のこと。

ボクはその事件の一報を、テレビで知ったんだ。

蔦野《つたの》医科大学学長の蔦野金吾《きんご》は、同大学の〈ルームD〉で何者かに頭部を強打され、意識不明のまま病院へ運ばれたらしい。意識を失う前の最後のセリフは「いぬにふまれた」。

事実、頭部には犬の足跡を思わせる傷があったんだってさ。

警察は、一昨日《おととい》の怪事件と同室での事件だから、両事件の関連を調べ始めて、現場付近で不審な目撃情報がないか聞き込みを続けている。そんな事実を知ったからには、このワトスンはいても立ってもいられないじゃない？　自分にだって関わりがあるかも知れない事件なんだもの。

ところが、昼御飯の後で邸《やしき》を抜け出そうとしていると、叢雨《むらさめ》に引き留められた。

「お嬢様、もう蔦野医科大学の一件にはこれ以上関わりになられないほうがいいと思いますね。今日は一日家でパーティーの準備を」

「もう何寝ぼけたこと言ってんのよ、このおとぼけ羊め！」

「ひ、羊……私は執事でございます」

「それどころじゃないって言ってんの！　ボクが不合格のままじゃパーティーの意味もないじゃん」

「お気持ちはわかりますが、危険すぎます。血痕《けっこん》がついていたのは、お嬢様のものを含め、不合格となった女子受験生たちの答案用紙でした。対して、死んでいるのは受験総括責任者でもあった副学長の井上昭三《いのうえしょうぞう》氏。そして、今度は学長である蔦野金吾氏が亡くなられた」

「……それが、どうしたの？」

「わかりませんか？　こうなると、不正入試で不合格にされた者のなかに犯人がいるというふうに警察は勘ぐるかも知れません。そんなさなかに、事件現場にのこのことお嬢様が足を運んだらどうなるとお思いですか？　職務質問の末に不合格になった受験生だと知れてしまえば、お嬢様は警察に任意同行を求められることになるでしょう。そうなれば、この数日のお嬢様の怪しげな行動がすべて明るみに出ることになります」

「か、考えすぎだよ。ソクラテスになっちゃうよ？」

「お嬢様が考えなさすぎなのです。十代で留置所に入るというのは、なかなかの汚点ですよ。とりわけこの岩藤《いわとう》家の跡継ぎとしては」

ボクは押し黙った。でも、ここで負けるわけにはいかない。

「でもでもでもー、そこは叢雨が何とかしてくれるでしょ？」

「はい？」

「だって叢雨はボクのことが大好きだしぃ、毎日まめに替えてる蝶《ちょう》ネクタイの柄の中に必ず一色は赤を取り入れているのは、ボクの好みを意識してのことだってことも知ってるよ。叢雨がいれば、ボクは一生大丈夫。もう叢雨サイコー。叢雨ルンバ」

「愚かなことを……え、ルンバ？　ルンバって何ですか？」

叢雨はわずかに頬を染めて咳払《せきばら》いをした。

「と、とにかく、ダメです」

ちっ、作戦失敗か。

「申し上げておきますが、窓からこっそり外出という手口はもう通じませんよ。私の目は節穴ではございません」

叢雨は勝ち誇ったように言うと、ドアを閉めて出て行ってしまった。昨夜こっそり夜中に抜け出したことまでバレているとは思わなかった。少し叢雨を見くびっていたようだ。

次なる手を考えなくては。

と、ちょうどそこへメイドの三村綾子《みむらあやこ》が現れた。

「お嬢様、午後の珈琲《コーヒー》でございます」

「ありがとござまーす」

彼女は私と二つしか年が違わない。身長もほとんど同じ。

「ねえ三村ちゃん」

「何ですか、お嬢様」

「折り入ってお願いがあるのぉ」

「私にできることでしたら何なりと」

「ちょぉっともう少し近くに来てみてみてみておくんなまし」

ナイトテーブルに珈琲を置くと、彼女はボクのベッドのほうに近づいてきた。ボクは彼女の口元にハンカチを当てた。昨夜、Ｂ街２１１Ｂから拝借してきたクロロフォルム。効果は抜群。あっという間に三村はぐったりと倒れた。

「悪く思わないでね、三村ちゃん」

ちょろいね。メイド服を脱がせてボクのパジャマを着せると、ロープで縛りあげてベッドに転がした。

「しばらくそこで眠っておいて。お・じょ・う・さ・ま！」

ボクは三村のメイド服を着てからアプリコットのジャム瓶とスプーンをもって廊下に出ると、俯《うつむ》いて歩いた。どこからどう見てもメイドにしか見えないはずだけど、最難関はやっぱり叢雨。

居間の前を通ると、叢雨は居間で観葉植物の手入れをしているところだった。

「三村、どこへ行っていたのです?」

叢雨はこちらを見もせずに尋ねた。

「えっと、トイレです」

足を止めずにドアの前を通り過ぎつつ、ボクはわざと低くしゃがれたような声で答えた。

「ん? どうしました? その声は?」

「すこし風邪を引いたみたいです。今日は早めに休ませていただきます」

「……そうですか、わかりました。ゆっくりお休みなさい。早く治すのですよ。お嬢様にうつりでもしたら一大事です」

「はい……」

「ところで、三村、なぜアプリコットジャムの匂いを?」

「……」

ボクはその問いには答えずに玄関から外に出ると、一目散に駆け出した。急いで行かなくちゃ。外の空気を吸いこんだ。まだ、息がわずかに白くなる。冬なのか、春なのか。とりあえず、ボクにとっては、この一件が片付かないと春は来そうにないよ。

大通りですぐにタクシーを拾って上野《うえの》公園前で降りた。

そこから徒歩で蔦野医科大学の前まで行ってみると、やっぱり何台かパトカーが停まってた。うわあセーフセーフ。蔦野医科大の目の前で降りたりしなくて本当によかったよ。ボクは咄嗟《とっさ》に電柱の影に身を隠した。叢雨の言葉を思い出す。ここでボクが見つかったら、妙な嫌疑をかけられかねない。

すると、声が聞こえてきた。声は、シャーロックのものだった。どうしてシャーロックがここに？

顔を上げて確かめると、警官二名に挟まれて手錠をかけられたシャーロックが仏頂面で歩いている。

「君たちは愚鈍きわまりないな」

シャーロックは吐き捨てるように警官に言った。

「言い訳は警察署で聞こうか」

「言い訳じゃない。これは感想だ」

「口の減らない野郎だな……おまえが作り上げたあの巨大な段ボールの〈化け犬〉が何に使われたのか、白状するまでは絶対に帰さないから覚えてろよ」

警官はそう言うと、抵抗するシャーロックを半ば引きずるようにしてパトカーの中に連れ込んだ。やがて、パトカーはゆっくりと走り出した。

「ぐわああどうしようどうしようどうしよう……遅かったなぁ……たいへんなことになっ

ちゃった……」

頭の中が真っ白になった。何とかしなくちゃ。その思いだけが、胸を占めていた。だって、シャーロックが窮地に立ったら、それを助けられるのはワトスンしかいないでしょ？　よし、B街に行こう。もうルートは頭に入っている。誰にも見られぬタイミングで上野駅前のマンホールの蓋《ふた》を開けてさっと飛び込んだ。臭くて汚い下水道の中をしばらく行くと、B街の入口が待っていた。

電気をつける。誰もいないB街。今は、たった一人の主《あるじ》さえここにはいないんだ。そう思うと、何だか妙な虚無感に襲われた。この壮大な地下都市を、シャーロックはどんな思いで創ったんだろう？

あまりにも孤独な都市。

でも、誰もいない無人都市を創る時、シャーロックの脳内は決して殺伐としたものではなかったんじゃないかな。ボクは221番Bに着くと、居間の仕事用の円卓の上を調べた。もしかしたら、シャーロックが何か真実の手がかりを残しているんじゃないかと思ったから。でも甘かった。手がかりはゼロ。

あったのはただ一つ〈ルームD〉の間取りを書いたメモ書きだけ。

彼はその真ん中に、大きく「犬」という字を書きこんでいた。

たしかに〈化け犬〉の関わる事件だけど、だから何なんだろう？　ただ当たり前の情報を書いただけにも見える。

　でも、シャーロックがそんなことするかな……？　今日の明け方にはまだなかったメモだ。あれから、何か思いついたのかも。

　もしかしたら、これは自分へのメッセージ？

〈ルームＤ〉に〈化け犬〉はいたよってこと？

　二度目の、今度こそ間違いなく殺人事件が起こっている。そして、その被害者の頭部には、巨大な犬の足跡のような痕跡《こんせき》があった。

〈化け犬〉は、やっぱり〈ルームＤ〉に入《はい》れるんだ……。

　どうやって？

　だって、入口より大きいのに？

　でも、このメモを見るかぎり、シャーロックには何らかの確信が得られたってことなんじゃないかな。

　とにかく考えなくちゃ。そして、状況をよく判断すること。

　ボクは、ジョン・Ｈ・ワトスンなんだから。

この時、蔦野医科大学から五百メートルほど離れた緑香る文教エリアにある蔦野家邸では夫人が大粒の涙をこぼす熱演を披露していた。年の頃は四十手前か。美しさの片鱗《へんりん》は、彼女のうなじから鼻の先まで蝶のごとくひらひらと舞いながらも留《とど》まっている。亡くなった蔦野金吾その人が齢《よわい》五十六であるから、この夫人とはかなりの年の差婚だ。

「奥さん、どうぞお気をたしかに。ご主人を殺した奴は必ずつかまえます」

現れた横道《よこみち》刑事は、彼の良心と見栄《みえ》の集大成としてピンと時計の針のごとく立てられた口髭《くちひげ》を、やせこけたイタチのような顔で撫《な》でながら、蔦野夫人の肩に手を置いた。

「でも、〈化け犬〉をいったいどうやって捕まえるのです?」

「我々警察の中には生きもの係という部署がありましてね。そのような巨大な犬の徘徊《はいかい》情報はないかと問い合わせているところです」

「きっと呪いですわ。これは呪いに違いないのです。あの〈化け犬〉に……〈化け犬〉に呪い殺されたのですわ!」

「奥様、〈化け犬〉とは何ですか?」

「……私も詳しくは存じません。ただ、その昔、徳川綱吉《とくがわつなよし》公が蔦野家に褒美と称して〈化け犬〉を押しつけたのだとか。それが、あまりに不快な出来事であったので、蔦野の先祖はそれを蔵にしまったのです」

「それで、その後、その〈化け犬〉はどうなったのです？」

「存じませんわ」彼女は弱々しくかぶりを振った。「屋敷の改築の際に蔵は取り壊しとなりましたから、その際に処分されたのでは、と」

「なるほど。だから呪いですか。しかし奥様、ご安心を。現代に呪いなんてものはございません」

　横道刑事は目に見えないものを信じない。こう言うと現実主義者なのだと思われるだろうが、そうではない。彼は風邪のウィルスでさえも信じない。いまだに風邪をひいたことがないことを自慢しては、部下たちの顰蹙《ひんしゅく》を買っている。

　横道刑事は自己を過信している。自分が見たものならば幽霊だって何だって信じるが、見ないかぎりは信じない。

　と、そこへ一報が入る。

「横道刑事、お耳に入れたいことがございます」

「何だ、今はこの憐《あわ》れなご夫人と話をしているところだ」

「しかし……先ほど上野世界珍獣園に失踪《しっそう》中の動物などはいないかと問い合わせたところ、どうも担当者が変に口籠《くちご》もるのです。怪しくはないですか？」

「失踪した動物がいるということか？」

「はっきり言わないのです。展示中の動物につきましてはご覧の通りですとか何とか、歯切れの悪い言い方を……」

「ええい、おまえの聞き方が悪い。俺が行く。それで事件は解決だ！」

横道刑事は蔦野夫人の前で強がってみせた。

それから、蔦野夫人に小声で話しかけた。

「ご安心くださいね。私、横道刑事は、現代日本のシャーロック・ホームズとも言うべき推理力を持っております。私にかかれば、真相は立ちどころに明らかになります」

「……心強いですわ」

むふふ、と横道刑事は笑った。だが、この時、横道刑事は直前の会話に、蔦野夫人がいかに全神経を注いで聞き耳を立てていたかを知らなかった。蔦野夫人の耳は、そのほんの数秒の間に一ミリほど大きくなってしまったかも知れないというのに。


「あれを疑ってるんでしょうかね？」

上野世界珍獣園の園長は、スタッフの入沢《いりさわ》の問いに答えられなかった。ただ、こうなってしまった以上、言わざるを得ないのではないかという気がしていた。

「まあ、わからんが、わしらは別に悪いことはしておらんからなぁ」

嘘である。園長は悪いことをしたのだ。だが、金を積まれた以上あの場はああするより仕方なかった、と自分を納得させている。

「やっぱり僕たち〈化け犬〉を手放すべきじゃなかったんですよ」

「まだアレの仕業と決まったわけじゃない」

いや、ほぼ決まりじゃないか、と園長は内心で思っていたが、そんなことは口が裂けても言えない。ここは我関せずが一番だ。

たとえお上から頂戴《ちょうだい》した大事な〈お犬さま〉であったとしても、それはもうずっと前にこの園から外に出てしまっているのだ。

やがて、横道という名の刑事が現れた。彼は痩《や》せこけたイタチみたいな目を光らせた。口元が赤いのは、昼ご飯がナポリタンだったせいだろうか。

「ナポリタンを食べましたか？」

興味本位に園長は尋ねた。

「食べましたよ。ナポリタンは私の大好物でしてね。何か問題でも？」

「いやべつに……」

「珍獣園から逃げ出した動物がいますね？」

「逃げ出した動物は、ただの一匹もおりませんよ。いまも檻《おり》はどこもかしこも埋まっていますし」

園長は嘘を言うのは下手な自覚があるが、真実だけ述べるのはそれほど下手ではない。なぜならそれは真実を選んで述べるだけの簡単な作業だからだ。

ところが、横道刑事はまるで園長の油断を見透かすようにしてこう切り出したのだった。

「檻は埋まっている。逃げた動物はいない。だが——ここには〈化け犬〉がいた。違いますか？」

「…………」

あまりの直球に園長は言葉を詰まらせてしまった。

次にようやく口が自由になった。

「あぐ、あぐ、あが……」

口は、自由にはなっていなかった。

第八章　シャーロック脱獄大作戦

シャーロックの残したメモの意味を考えながら、ボクは壁に埋め込まれた液晶テレビをつけた。じっと考えていると、シャーロックの残した煙草の匂いのせいで何とも言えず脳内が燻《いぶ》されていくような感じになるんだ。ふぉぎゃふぉぎゃふぉぎゃって。でもこのまま燻製《くんせい》になってしまうわけにはいかない。

それにしても、本当に、とても中古品には見えない性能の良い液晶テレビだこと。画質もサイコー。ちょうど午後三時。ワイドショー番組をやっている時間だった。アナウンサーの声が言う。

今日の午後、上野《うえの》世界珍獣園は、来月公開予定だったある超大型犬が一カ月前から行方知れずとなっていることを発表しました。事情についてはまだ関係者は黙秘しており、警察は近隣の蔦野《つたの》医科大学で起こっている事件との関連性もあるとみて、追及する考えを示しています。

これか。

ボクはソファから飛び起きて画面にかじりついた。

巨大犬の脱走……。もしこれが本当なら、シャーロックの主張は最初から正しかったことになる。犯人は〈化け犬〉だったんだ。

ボクはもう一度、シャーロックのメモを見た。

見取り図の真ん中に、犬。本当に〈化け犬〉がいたという確証をシャーロックがつかんだということかな？　犬の毛でも発見したの？

まあ何にせよ、これでシャーロックが冤罪《えんざい》だってことは警察もわかったんじゃない？

でもすぐには出してはくれないだろうなぁ。

どうにか助け出す方法ってないもんかな。

叢雨《むらさめ》に頼む？　いや、やめとこうよワトスン。叢雨なら刑務官にも友だちがいそうだけど、ここでまた叢雨に借りなんか作ったら、もうアイツ最強ルンバになっちゃうよ。自分一人で考えよう。いずれはあの屋敷だって出たいし。

ジョン・H・ワトスンなら、こんな時どう行動するんだろう？

そう思って、実験台の上に目がいった。そこには、危険な薬品がたくさん並んでいる。その中の一つに、目が吸い寄せられた。〈超強力硝酸液〉。これだ——。

ボクはその瓶をポケットにしまうと、ひとまずB街から出ることにした。この地下の壮大なアジトから地上に出る方法が、少なくとも二通りあることはわかってるんだ。上野公園と上野駅前。それだけじゃないかも知れないけど、今は探索している時間はないし、日中の駅前は人が多くてバレずに出入りする自信がない。となれば、消去法だよ。危険なこととは思いつつ、上野公園側の出口から外に出ることにしたんだ。

あそこは木々が繁っていて人の目から遮られている。何かあっても誰も助けには来てくれないだろうな。でも、駅前のマンホールから顔を出してシャーロックが守り続けてきた地下都市を晒《さら》すわけにはいかないでしょ。

階段を上り、上のマンホールの蓋《ふた》を押し開けて、シャーロックが作った段ボール製家屋の中に……。あれ？　シャーロックの段ボール製家屋が消えている。ボクはこの時、腐葉土の大地に顔を出していたんだ。

音を立てないようにゆっくり這《は》い上がって蓋をした。たぶんほかの路上生活者たちが壊してしまったんじゃないかな。とにかく見つからないこと。抜き足差し足でね……そろりそろり。

と、そんな風に歩き出そうとしたら、後ろから声がした。

「お嬢ちゃん、また会ったな？」

振り向くと、彼らがいた。喋《しゃべ》ったのはたしかリーダーの「ワン」って人。ほかの四人はよく知らない。このワンさん、もっとずっと昔にもどこかで見たことがあるんだけど、いつ会ったのか全然思い出せない。

「あんたの連れは警察に連れて行かれたってよ？　淋《さび》しいなぁ」

「淋しい？　べつに」

淋しがってる場合じゃないんだよ。

「残念だけど、俺たちと仲良くしようぜ」

「お断りだね。ボクはこれから警察署に助けにいくんだ」

ワンさんは怒ると細い目がさらに細くなるみたい。でもよく見ると愛嬌《あいきょう》のある顔なんだね。この人、わるい人じゃないんじゃないのかな。ボクは義眼を取り外して、彼らをちょっと脅かしてやることにした。

「この印籠《いんろう》が目に入らぬかぁ！」

ワン以外の連中はひぃい！　とか何とか悲鳴を上げて腰を抜かした。でも、なぜかワンさんは声も立てずにただ青ざめていたんだ。まるで家のストーブを消し忘れたみたいな、そんな顔。

「嘘だろ……そんな……馬鹿な……」

「どうしたの？」

ボクは義眼を嵌《は》め直してみせた。でも、ワンさんは頭を抱えてその場にしゃがみ込んだ。

少しばかり震えてさえいた。

「大丈夫？」

「ひぃい……ゆるしてくれゆるしてくれ……」

許してくれ？　何を許すの？　やめてよ、なんか恐喝してるみたいじゃん。ただの義眼だってば。

「よくわからないけど、許すよ」

ワンさんはふわりとボクを見上げた。まるで神様を見るときみたいなやり方で。ボクも自分が神様になったのかなって勘違いしそうになったくらい。

「本当か……？」

「うん、よくわかんないけど。手伝ってくれるんなら」

すると、ワンさんはじっとボクの顔を見つめた。

「わかった。どうしたらいい？」

「留置場から、シャーロックを連れ出したいんだ。今日の夕方五時に。脱走まではボクが何とかするから、警察署の前からの移動手段を確保して。できる？」

「……何とかしよう」

ボクたちは、がっしりと握手を交わした。なーんだ、意外といい人だったじゃん。そうだよね。そうそう悪い人なんて世の中いるわけないよねー。叢雨とか世界は悪人だらけみたいなこといっつも言ってるけどあれはビョーキだよビョーキ。

るんるんるるるるん♪　ボクは上機嫌で上野公園をぶらりと歩きながらアプリコットジャムを舐《な》め続けた。そしたら、いつの間にか一瓶全部食べつくしちゃってた。

これからシャーロックを助けるから、ちょびっとだけ緊張してるのかな。心にストレスがある時ほど、ボクはジャムを食べてしまうんだよね。

でも、もうここまで来てしまったら、自分を信じるしかない。

あとは実行あるのみ。

岩藤《いわとう》すずの去った後のワンは、半ば幸せな死人のようであった。上野公園は、夕方にかけて、ベンチというベンチは恋人たちで埋め尽くされ、文字に起こすのも忍ばれるような行為が声を忍ばせながらも忍びきれぬ様相で行なわれている。

忍ぶのか忍ばぬのか、それが問題だ、とシェイクスピアが言ったとか言わなかったとかいう話であるが、そんなことが語りたいわけではなく、今ここではそのような艶《なま》めかしい秘め事の声を聞いて楽しむ段ボール製家屋の民たちの嬉々《きき》とした雰囲気の中、一人仏頂面で静かに煙草を爪楊枝《つまようじ》で刺してシケモクをしている男、ワンのことを語っておきたい。

この男にとって衝撃的な出来事がついさっきあった。

それというのも――。

「兄貴、あっちのベンチのカップルがすごいんですよ。もうぐるんぐるん……」

いつもなら興奮気味に報告してくるツーの頬をぶん殴るところだが、今日はそれさえしなかった。

「ど、どうしたんすか、兄貴……泣いてる？」

ワンは泣いていた。生きている間にこんな日がこようとは思わなかったのだ。さっきワンの目の前にいたのは、かつてワンが殺しかけた少女だった。

あの日、ワンはあらかじめ指定された洒落《しゃれ》た高級レストランを訪れた。依頼人は、いつも通りの〈モリアーティ教授〉。その謎めいた存在と直接やり取りしたことはない。ただ、彼はワンの腕を信頼してくれていた。定められているのは、犯行前に必ず唱える言葉。

――メメント・モリアーティ。

ワンは自慢のよく手に馴染《なじ》んだパイファー・ツェリスカを手に現地を訪れ、その銃の威力を爆発させた。その重量ゆえに三脚なしでの狙撃は困難とされているが、破壊的なワンの腕力の前では従順な武器だ。

それが、あんな悲劇を生むとは、思いもしなかったのだ。

人の命はどれも尊いものだ。今はそれがわかる。だが、あの頃は、そんなことは考えてはいけなかった。考えてはいけない時に、考えざるを得ない案件に出逢《であ》った。それが、あの仕事から手を引く潮時となったのだ。

「あの子は、生きていたんだ……あんな目に遭いながら……」

ワンは涙を流した。こんな尊いことがあるか、とツーに問いかけたが、もちろんツーはそんな問いには答えられなかった。

たしかなのは、あの子が自分を許したということ。そして、その代わりに頼み事をされたということ。

「おい、行くぜ」

「……どこへ？」

「決まってるだろ。シックスを助けにだ」

ワンの心は決まっていた。この先何があっても、あの子を守り、あの子の願いを陰ながら叶《かな》え続ける。

ポッポー、五時になりましたぁ。ってなわけで、ボクは予定通りシャーロックとの面会に警察署を訪れた。

面会室に通されて待たされている間、ボクの心臓ときたら、オリンピックの新体操の選手みたいにぴょんぴょん飛び跳ねてたんだ。落ち着けよぉ、頼むよぉ。いくら心臓にそう呼びかけても、これから自分がしようとしていることの大胆さに、心臓は飛び出そうになる。これには困った。仕方ないからボクもぴょんぴょん跳ねながら待った。

十分後に現れたシャーロックは明らかに生気がなかった。まるで歩きながらうたた寝でもしているような態度。何だよせっかく助けにきたのに寝てんの？　もう超がっかり……。

「シャーロック、大丈夫？」

「ぶでらぶぶぶでらぶぅ……」

ちょっとマジか。困ったなぁ。こんな反応じゃ、会話にならないじゃないですかぁ。何とかうまく硝酸液を渡したいんだけど。この体たらくじゃそれも怪しいぞ。

「面会時間は十分間です」

無愛想な警官はそう告げると、隣に直立した。ボクは軽くおけぴよの意味で頭を下げてから、シャーロックに囁《ささや》いた。

「ねえシャーロック、起きて」

「もうすぐもうすぐ……ママ……」

何だろう、この霧の中で球蹴りをするような覚束なささは。よほどひどい拷問でも受けていたの？　しかも、声がだいぶひどい。

「この男は今、眠りの底にいる」

そう言ったのは、隣に立っている警官の男だった。

「ぐわぁ！　そ、その声は……」

ボクは思わず顔を上げて、その顔を確かめた。

一見皮膚のぶよぶよした中年の警官。でも、その中に力強いあの目があった。変身。忘れてた……そうだよ、顔面をわずかな材料で自在に変形させるのは、彼の十八番《おはこ》じゃん。

警官姿のシャーロックは、こっちに指を一本立てて静かに、と指示を出した。ボクは超強力硝酸液の瓶をシャーロックにそっと渡した。彼はガラス窓の下の穴からそれを受け取ると、手錠の鎖の部分にそれを振りかけた。

手錠はたちまち溶けて、シャーロックの手は自由になった。

「礼を言うよ。面会時間は十分だ。終わったらこのドアのところにあるベルを鳴らしたまえ。いいね？　表で落ち合おう」

「おけぴよ……ワンさんが、迎えに来てくれるはず」

「ワンが？　了解した」

「こういう時は、おけぴよって言うんだよ」

「……おけぴよ」

シャーロックは苦い顔で言うと、警官らしいきびきびとした歩き方で颯爽《さっそう》と出て行ってしまった。あんな顔で言うもんじゃないんだけどね、おけぴよは。まあいっか。

ボクはそれから十分間、じっと待った。目の前のシャーロックもどきは、こっくりこっくりうたた寝をしていたんだけど、ついには机に突っ伏して眠り始めちゃった。よほど強力なやつを一服盛られたんだね。

十分が経つと、ボクはベルを鳴らした。二回ベルを鳴らしたところで、べつの警官が現れた。

「担当の警官が来ませんでしたか？」

現れた警官は不審そうな顔で尋ねた。

「いいえ。ここへは現れてませーん」

「そうですか。では……」男は偽ホームズを立たせた。「なんだ、こいつ、眠ってるのか」

「だいぶおねむみたいでちゅねー」

「そのようですな」

警官が肩を貸してどうにかこうにか偽シャーロックを運び去るのを待ってから、ボクは警察署を後にした。

出てすぐの斜向《はす》かいにあるカフェで、手を振る者がいる。サングラスをかけたその男が誰なのかはすぐにわかった。変装を解いたばかりで、まだ不自然な化粧が残っているシャーロックだ。

と、そこへ何かが……え？

やってきたのは、ヘリコプターだった。乗っているのは、ワンさん。ヘリコプターはゆっくりと下降する。もちろん警官たちはみんなあまりの突風でその存在に気づいたけれど、プロペラの回転が恐ろしくて近寄れずにいる。

「早く乗れ！」

操縦しながら手招きするワンさんの後ろにはその子分の人も一人。ボクたちが飛び乗ったのを確認してから、ヘリコプターは上空へと舞い上がった。あらら。でもこれで完全に脱走がバレバレじゃん。せっかくシャーロック変装とかしてたのに。ああほら、警官の皆さん大騒ぎだよ。

「これどうしたの？」

「なに……遠い昔の自家用機よ」

ワンさんは苦い記憶でも思い出したみたいな口調で言った。

「礼を言うぞ、ワン」

「おまえのためじゃねえよ」

その返しにシャーロックは苦笑した。

ボクはシャーロックの姿をまじまじと見た。

「そのサングラス、ぜんぜん似合ってないよ」

「そこのコンビニで買ったのさ。しかし、半日とはいえ留置場は死ぬほど退屈なことを除けば快適な楽園だった。本当はもう一晩いてもよかったんだが」

「ゲッ！　何その助け甲斐《がい》のない台詞《せりふ》。しかも退屈病の君らしくなーい」

「留置場とは存外相性がいいらしい」

「マジで助けて損したぁ。ツンツン」

シャーロックはボクの突き出した指をさっと掌《てのひら》で防御した。

「阻止！　このタイミングなら許されるとでも思ったか」

「くっ……」

「それより、困ったな。あの大学付近はまだ警官が連日張り込んでいると聞く。うかうか戻るわけにはいくまい」

「でも、たぶん本命はもうすぐ捕まるよ」

「というと？」

「上野世界珍獣園から脱走している巨大犬がいることがわかったんだ。あるところから寄贈されたらしいんだけど」

「だが、そいつはいまだに捕獲されていないわけだろ？　その前に私が脱走したとなれば、警察は血眼になって探すに決まっている。やはり、Ｂ街には戻れない」

「……だったら、ボクの家においでよ」

「君の家に？」シャーロックは考え込むように顎《あご》をさすった。「それはどうだろうな……」

あ、これは拒絶しようとしてるな？　すぐに察知したボクは、先手を打って力強く宣言した。

「よし、決まり！　そういうことで」

「ううむ……ま、待ちたまえ」

え、弱ってるの？　シャーロックは目を閉じたまま何だか額に冷や汗まで浮かべてる。

そんなシャーロック、初めて見たよ。

かわいい、推せる！

ボクは、なんだかすんごく楽しい気持ちになってきた。

屋敷のドアを開けると、無愛想に叢雨が出迎えた。無論、ボクのことを怒っているんだけど、ここは強行突破がいちばん。

「お嬢様、よくも……」

「叢雨、これからお世話になる指導教官の先生を連れてきたよ！」

「え……し、指導教か……？」

言いかけて、叢雨はハッとした表情になった。

「これはこれは……」

知っている人を見る時の叢雨の反応だ。それも、ひどくよく知っている人向けの。

「久しぶりだな」

「ああえと、思惟屋《しいや》様……」

何だって？　我が耳を疑った。

しいやさま？　するとシャーロックはそれには答えずに、くるりと回れ右をした。

「やはり今日は日が悪い」

だが、ボクはそれを必死で抑えた。

「な、なんで帰るの？」

「帰ったほうがいいからだ」

「意味がわからない」

「わからなくていい」

叢雨が呼び止めた。

「思惟屋様。ご無事だったのですね」

その声で、ようやくシャーロックも観念したみたい。

「……死んだとでも思ったか？」

「そういう噂もございました。しかし、よくぞご無事で」

「礼次郎《れいじろう》氏は？」

「お部屋に籠《こ》もったきり、出て来られません」

そう聞くと、シャーロックはちょっとだけ安堵《あんど》したみたい。何なの？　父上の知り合いなの？

「ならば、一晩だけ宿を借りよう」

「歓迎いたします」

シャーロックは叢雨に案内されて奥へと消えていった。

十分後に戻ってきた叢雨は、ボクの混乱をじゅうぶんに理解していた。

「お嬢様が混乱されるのもごもっともです。説明が不足しておりましたね」

「うん。大気中の二酸化炭素並みに」

「それは不足しておりません。本当に受験は合格点に達していたんでしょうね？」

「じょ、冗談でしょ」

「お嬢様の冗談はわかりにくいのです」

「それで、何の説明が不足してたって？」

「お許しください。私も気が動転していたのです。まさか、お嬢様が思惟屋様をお連れになられるとは」

「どういう知り合いなの？」

「ご主人様の昔の取引相手です」

それだけじゃないって顔に書いてある。でも、それをすぐに突いたところで口を割る叢雨ではない。

「へえ。じゃあ、昔はあの人、ビジネスマンだったの？」

「それどころか、億万長者でした。蔦野家を凌《しの》ぐと言っても過言ではないほどの。それが、奥様をとある事件で亡くされ、以来行方知れずに」

「奥様を……そうなんだ……」

シャーロックのボヘミアン気質や謎に対するストイックな性格には、何か深い絶望がある気はしてたんだけど、そんなつらい過去があったのか。

「ボク、あの人のもう少し若い頃を知っている気がするんだけど」

「…………」

叢雨は黙っている。叢雨は存外嘘が下手なんだよな。顔に思いきり書いてある。聞いてくれるなって。

「ねえ、もしかして、ボクって彼に以前にもあったことあるのかな？」

「……お食事の用意ができましたら、お呼びいたします。それまでどうぞお部屋でお休みください」

叢雨は今、たしかに何か意図的に言葉を飲み込んだ。

「ねえ、叢雨……」

「お嬢様。この世には、忘れたほうがいいこともございます」

それだけ言い残すと、叢雨は去っていった。

第九章　シャーロック、懊悩《おうのう》する

胸が苦しくなった。ここは、かつて商談で何度も訪れたことのある家。その当時の記憶が、私を苦しめていた。

何ということだ。頭が割れそうに痛くなる。

いっそ薬漬けにでもなるか、さもなくば、退屈を殺す劇薬を。

そうだ。謎のことを考えればいい。

私はいつだってそうやって過去に背を向けて生きてきたのだから。

ところが、次の瞬間、私の目が捉《とら》えたものは、容赦なく私の過去の扉をノックしてきた。

フォトフレームに飾られた一枚の幼女の写真。

まがうことなき、岩藤《いわとう》すずの子ども時代の写真だった。あどけない表情で人形を抱え、ちょび髭《ひげ》をつけたその姿に、私は胸がかきむしられそうになる。まだその目はどちらもしっかりレンズを見返しているのだ。

忌まわしい過去の扉が開きかける。その扉を開いたら、私はもう私でなくなってしまう。

私の名は——。

「シャーロック！　シャーロック、ここを開けてよ」

まるで注射を打たれたように、興奮が静まっていく。

落ち着きを取り戻した私は、写真を伏せると、ドアのほうへ向かった。小声で私の名を呼ぶ、ワトスンを名乗る娘のために。

その存在だけが、私の今を保証してくれている。

彼女は指をこちらに向けていた。

「ばっきゅーん」

その一言のために、私の精神はいともたやすく崩壊してしまったのだった。


弾丸がピストルの唇から飛び出すとき、その回転速度はフィギュアスケート選手の回転の百倍では利かない。弾丸は接触した物体の中で爆《は》ぜ、単に穴を開けるだけではなく、細胞破壊を引き起こす。

ばっきゅーん。

このとてもコミカルな擬音語が、シャーロックの脳内においてどのように変換したものかを探る時、我々は彼のその医大でも歯科大でもなく偉大な推理力がじつに複雑な経路を辿《たど》ってやってくるのだと知ることになる。そして、その最奥の、虚無の原点にあるものは、悲しみであると、そう言ってしまっても過言ではない。

彼の人間不信と、猜疑心《さいぎしん》と、ひねこびた好奇心のすべては錆《さ》びついてどうにもならず動かなくなった悲しみから来ている。

ばっきゅーん。

そのオノマトペは、シャーロックが事実から遡及《そきゅう》して真相に辿り着くときのように、あの日へと遡《さかのぼ》らずにはいかない。

ばっきゅーん。

やめろ、やめてくれ。

そう願う速度すら凌駕《りょうが》する速さで、見えない弾丸が、シャーロックの脳内を駆け巡る。

あの日へ。あの日へと引き戻す。

今から十年前のあの日——私の口内は幸福に満たされていた。

オマール海老《えび》のサフランソース煮、フォアグラのソテー、仔牛《こうし》ロースのパイ包み焼き……さまざまな風味が、口の中で複雑に絡まり合い、ため息をついていた。フランス料理を味わっている時の、特有のよくわからない味覚の麻痺《まひ》が起こっていたのだ。美味と言えば美味だが、料理一つ一つの濃密な舌の奪い合いによって、味覚が疲れを見せているのだ。

「ねえったら、あなたよ、あなた！」

テーブルの向いの席に座った少女が、私にそう語りかけた。たぶん、だいぶ前から話しかけていたのだろう。私のほうは、右側に座っている妻のエリカが耳元で甘い言葉を囁《ささや》いていたせいで、それを聞き逃してしまったのだ。

エリカには、昔から社交の場で密《ひそ》やかに夜の約束を交わそうとするところがある。彼女曰《いわ》く、商談をまとめているときの私の顔が好きだから、ついそうなるのだそうだ。

「すまないね、お嬢さん、何か言ったかな？」

恐ろしい目で少女はこちらを睨《にら》んだ。

「だから、オセロの話……わかってるくせに」

少女は口を尖《とが》らせた。形の良い唇をしている。きっと将来は美人になるだろう。たとえば、我が最愛の妻のような。だが、それは遥《はる》か遠い未来の話に違いない。

「ごめんごめん、食後にオセロをしようって話だったね。だが、ここにはあいにくオセロ盤がないよ」

彼女は商談相手の娘。

私の左隣にいる商談相手こそ、今日の鴨だった。大きな鴨だ。我々は四人で円卓を囲んでいた。

「なに、オセロ盤なら我が邸《やしき》に立派なものがございます。こんなに愉快な商談の後ですからな。よろしければ、娘のわがままにも付き合ってくださらないか？」

「はあ……」

返事に迷ったのは、想定外の誘いだったからだ。そもそも、ここにこの娘がいること自体、想定してはいなかった。だが、ひとまず気のいい返事をしておくことにした。

「もちろん。じゃあお嬢さん、後ほどお宅に伺うから、その時に」

やったー！　やったー！　少女は飛び上がらんばかりに喜んだ。その様子をみて、エリカも嬉《うれ》しそうに笑った。どうやら彼女は子ども好きらしい。

「おねえさんも混ぜてくれる？」

「もっちろん！」

やれやれ。これはまた帰ったら子がほしいとせがまれそうだ、と私は思った。

八時ちょうどに、店のドアが開いた。今時誰も着なさそうな、古い型のトレンチコートを着た男が入ってくる。中肉中背。ナイフで切ったような細い目が印象的だった。しいて言えば、このレストランを利用するには、いささか階層が微妙だということだ。

彼は熱心に席を見回していた。その目は、どこか愉快そうでもあった。やがて、男は私たちのほうを見た。

そのことに最初に気づいたのは、私だったのか、妻だったのか。

ドアの前の男が、案内をしようと近づいた店員を押しのけてこっちへやってくるのを、私もエリカも確認していた。だが、まだだいぶ距離はあった。

「ねえ父上、席を変わってよ。もっとこの人とお話ししたいわ」

「しょうがないなあ。まあ、商談は済んだことだし、いいことにしよう」

「しかし、もう少しだけ詰めたい話が……」

私はそう言って制止しようとしたが、彼は私の肩を叩《たた》いて立ち上がった。

「まあそれは後でいいではないですか。さあ、今は楽しくやろうじゃありませんか」

二人はさっさと席を交換した。少女は満足げに私の顔を見上げるとにんまりと笑顔を作った。私は努めてその笑顔に応《こた》えた。

トレンチコートの男はそうこうする間にずんずんとこちらへ近づいてきていた。

私はその男の目線が私と交わらず、かと言って妻のほうを向いているわけでもないことに気づいた。視線は、わずかにその手前に落ちていた。

すなわち、少女の席に。

その刹那《せつな》であった。エリカが立ち上がり、素早い動作で少女を抱きしめたのだ。

もしもこの時、私があらゆる高級食材によって味覚を満足させておらず、したがって注意力が通常のごとく機能していたのなら、エリカを止めることができたかもしれない。

だが、この時の私にはそのような判断力がなかった。

ワインを三杯飲んでいたせいもあったのだろう。

銃声が鼓膜を震撼《しんかん》させた。

音の消滅と、最愛の人の脳が吹き飛ぶ光景は、百年分の酔いを醒《さ》ますにじゅうぶんであった。

とうとうあの日の悪夢が完全によみがえってしまった。

レストランに入ってきた男の顔は鮮明に記憶している。ナイフで切ったように細い目をした男は、ほっそりとした銃身をもった拳銃《けんじゅう》を我々のいるテーブルに向けていた。

男は言った。

――メメント・モリアーティ。

次の瞬間、爆音とともに飛び散る鮮血。愛する者の顔が、消えた。

自分の目の前で。

私はその血に顔を染めながら、なぜか肉片を寄せ集めれば、彼女がよみがえるのではないか、と妙なことを考えて辺りをきょろきょろと見回した。救急車を呼ぼうとも思っていた。どちらも無駄なこと。そんな段階ではないのに、私の脳はそうは判断しない。まだ何とかなると思っていた。

「く……る……し……い……しゃーろっく……」

ハッと我に返る。私はワトスンに馬乗りになって、彼女の首を絞めていた。

「すまない……」

私は手をほどいて立ち上がった。

「けほ……おえっ……ボクこそごめん……驚かせて」

ワトスンは健気《けなげ》に謝った。

「君が謝ることではない。いや、君が悪いのではあるが」

「ん？」

「二度と、私に撃つ真似をするな」

「……ごめん」

「それからもう一つ。二度と私に謝るな。君は悪くない」

「さっき悪いと言ったよ。悪ければ謝るべきじゃん」

「悪くないと言っている」

「えーそんなのおっかしいよ。さっきは悪いって言ったくせに。ムジュンだよぉ。君は二世政治家か！」

「よくわからない喩《たと》えを出すんじゃない。それで、何の用だ？　私の推理を聞きに来たのか？」

「あ、それすっごく聞きたい！　でも、たぶん移動しながら聞くことになるかな」

ワトスンの目の奥に、好奇と緊張のないまぜになった色が見えた。

「どういうことだ？」

「巨大犬が都内で大暴れして、いろんな事故を起こしてるみたい」

「……急ごう。事態はこの明晰《めいせき》な頭脳をもってしても予測不能なところまで来ているようだ」

何と、私が拒絶しにくいこのタイミングで、ワトスンはこちらに鹿撃ち帽とケープを手渡してきた。もっともよく知られたシャーロック・ホームズのコスチューム。これじゃ完全にコスプレじゃないか。

だが、今は断れない。断っている場合でもない。私はそれらを着用すると、パイプを咥《くわ》えた。

「行こう。推理は、動きながら話す」

「うっぎゃー、ホンモノだ！　ホンモノ！」

「やかましい、行くぞ」

「おけぴよ！」

第十章　ふたたび白い巨塔へ

「被害は蔦野《つたの》医科大でも起きてるみたいなんだ」

ボクたちはいま、タクシーの中にいる。向かう先は、白い巨塔。それにしても叢雨《むらさめ》があっけなく外出の許可を出してくれたのには驚いた。どうもシャーロックと一緒にいると叢雨は甘い気がするんだよねー。気のせいかな？　なんか、ちょっとばかりシャーロックに照れていた気さえするんだけど。

「人が死んだか？」

「ちがう。でも、殺し」

「殺人ではないが、殺しではある、か。警備用のマスティフ犬が噛《か》み殺されたな？」

「え、すご……」

ボクは心底驚いてそう言った。

だってどこをどうやったらそこまでの推理が働かせられるの？

「初歩だよ、ワトスン君。ちなみにこの台詞《せりふ》はコナン・ドイルの聖典には出てこない」

「それも初歩だね」

「その上野《うえの》世界珍獣園から逃げた巨大犬っていうのは、どんな種類の動物なんだ？」

「それが妙なんだ。どこのテレビでも新聞でも、〈近日公開予定だった大型犬〉としか発表していないんだ」

「……きな臭いな」

「ボクもそう思う。誰かが何かを隠してる。そんな気がする」

「施設の判断で隠蔽《いんぺい》できるとは思えないな。それなら、しつこいマスコミが暴き立てずにはおかない。それが、揃いも揃って曖昧《あいまい》な書き方をしている。匂うね」

「どこか、お偉い方からの献上品だったりするのかな」

「可能性はあるね。そういったものを施設側の管理ミスで逃がしたのなら、園側も隠しておきたいだろう。だが、マスコミまでもが隠そうとしている気配がある。これはよほどのことだ。何か、バレることで国の根幹でも揺らぐ大事なのではないか、という気がする」

「たかが犬一匹で、国の根幹が？」

「しかもそのお犬様は、どういうわけか、白い巨塔で人を殺しているかも知れない。まずい上にまずいというわけだ。金と権力の匂いがする。そもそも本当に管理ミスでの脱走だったのか疑わしいな」

「え、そこを疑うの？」

「表向きは管理ミス。しかし実際には、かなり巨額のやり取りがあったということはないだろうか？」

「なるほど……そうなると、これはもしかして……」

「何か巨大な陰謀が渦巻いているのかも知れない」

「洗濯機みたいに？」

「……そう言えば」

「え、いまの無視？」

「現政権は学長から多額の献金を受け取っていた。うわべばかりの好景気の裏で、実情は火の車だというのは誰の目にも明らかだ」

タクシーが、停まった。

「お客さん……何ですかね、あれは……」

「あれは……」

ゆうにタクシーよりも大きな犬が、前をのっそりのっそりと歩いて横切った。絵具で塗りたくったみたいに真っ黒な光沢をもった犬で、足の付け根から膨れ上がった筋肉のラインが、歩く度に美しく浮き出ている。

犬は、トラックを飛び越えると、飛びかかってこようとした警官を口にくわえて遥《はる》か彼方《かなた》に投げ飛ばした。警官は電柱にぶつかってぐんにゃりと落下して動かなくなった。

嘘でしょ……。いやいやいやいやいや、デカすぎるって。

その息遣いが、命のカウントダウンであるかのようだった。ボクたちはいま、本当に〈化け犬〉を目の当たりにしていた。

「本当に〈化け犬〉じゃん……」

「化けてなどいないさ。化かされた憐《あわ》れな犬だ」

シャーロックの言葉の意味がボクにはわからなかった。でも、そう言われて初めてあの巨大犬の目がそれほど恐ろしくないことに気づく。この犬にとっては、遊んでるだけなのかも知れない。

巨大犬は黙ってボクたちに尻《しり》を向けると、その艶《つや》やかな黒い毛で月光を反射させながら、夜の闇に消えた。

やがて、何事もなかったようにタクシーが動き出した。

「本当に大きいね……。あれが犯人か」

まさかあんなヘラジカみたいな巨大犬がいるなんて思いもしなかった。図鑑でも見たことのないスーパーサイズだ。

ところが、シャーロックはこう言うんだ。

「早まるなよ。蔦野医科大でのマスティフ犬と学長の件はその謎の大型犬のせいにできるにせよ、副学長の死はどうなる？　足跡が答案用紙四枚分しかないことから考えても、何者か人間の手が介在していることは間違いない」

「あの大型犬を誘拐した奴かも」

「では、事件発生当初に君とした話に戻ろう。どうやって管理していたんだ？　かなり巨大な檻《おり》が必要なはずだが？　先日、八階にいた者のそれぞれの住居については話しただろう？　管理できるスペースを有していたのは、学長だけだったんだ。だが、学長は死んだ。〈いぬにふまれた〉という謎の言葉を残して」

「こうは考えられない？　珍獣園から連れ去った犯人は学長。学長は権力者だから、マスコミも報道できずにいる。そして、学長はその巨大犬から目を離したすきに攻撃されて死亡。巨大犬は逃走し、今日になって街で大暴れ。ついでに番犬をも噛み殺した」

「それだけの大型犬が、一昨日《おととい》、今日と蔦野医科大学周辺をうろつき回っていたというのかい？　犬の習性としては可能性はもちろんあるが、現実問題としてどうかな？　あの大きさで誰にも目撃されないなんてことがあるのだろうか？」

「それは……ないか……しょぼーん」

ない、それはさすがに有り得ない。

ということは、今も巨大犬は誰かが所有しているってこと？

その時、ふたたびタクシーが停まった。蔦野医科大学前に到着したんだ。

「着いたね。あの巨大犬のお陰で、私にはもはや参考人としての価値もなくなっただろう。ひとつ堂々と歩いてみることにするか」

シャーロックはにやりと笑いながら、停車したタクシーから降りた。ボクはすぐ後に続いた。遥か彼方で、あの巨大犬の遠吠《とおぼ》えと、パトカーのサイレンの音が響いた。

何なの何なの、このてんやわんやな展開……。

でも楽しい！

ボクはぴょんぴょん飛び跳ねて、またシャーロックに怒られた。


さてさてここでふたたび、というか何たび目かの語り手の登場をお許し願いたい。というのも、同時進行で警察の動きもお伝えしたいからである。

テクノロジーと組織体制は日進月歩のデイバイデイ。警察はタクシーが停まるより遥か前から、そのタクシーに留置場から脱走したホームレスが乗っていることを把握していた。

横道《よこみち》刑事はその映像を見ながら医科大の前にたむろしている。映しているのは、ここから二百メートル離れた場所にある交差点の監視カメラ。つまり、そこに映り込んでいるタクシーはここに間もなく到着するはず。

「はい、五秒前、四、三、二、一」

横道刑事のカウントダウンにぴったり合わせるようにして、黒塗りのトヨタのクラウンが到着する。それにしても、どうして都内のタクシーはいまだにトヨタのクラウンばかりなんだ。レクサスじゃなぜダメなんだ。ジジイどもがクラウン信奉者だからか？　馬鹿らしい。ダイハツ好きの横道刑事にとっては都内を走るタクシーの「お客の権威を代わりに語っています風」を見るだけで腹立たしい。

でもべつにそれはタクシー会社に対しての腹立ちでもなければ、乗っている客への腹立ちでもない。どこに向ければいいかもわからない腹立ちだ。だからよけいに腹立たしい。

まあそんなことはともかく横道刑事はいま目の前に、脱走者が堂々とした態度で降り立ったのを認めた。

「あの野郎……」

横道刑事はこの路上生活者を知っている。ある時、事件捜査現場に突然現れたことがあった。スーパーマーケットで起こった店長殺しの殺人事件で、長期化は必須《ひっす》と思われ、今後の捜査スケジュールなどを確認しているさなかに、事件現場にあの男は現れたのだ。

彼が言ったのはたった一言だった。

——善良で、経営上手でもある店長が殺されたとしたら、善良で経営上手なために殺されたと考えたまえ。そうすれば、犯人がすぐそこにいることがわかる。

その時は、あの男をすぐさま追い払ったのだが、後日そのスーパーマーケットでレジ打ちのいちばん早い女性が犯人だとわかった。店長は店員をねぎらい、全体の作業を少しでも楽にしてあげたい、とレジ打ちの機械化を考えていたが、その女性にとっては、もっとも自分が能力を発揮できる場を奪われることになった。

今後はどんなのろまでもボタン一つで高速レジ処理ができるとあってはプライドはずたずたになる。そこで、彼女は店長を殺して計画を中止したかったのだ。横道刑事はその後、あの路上生活者を探せ、と部下たちに言ったが、ついにその時は見つけることはできなかった。

だが、その後も幾度となく横道刑事の耳には、〈颯爽《さっそう》と現れては事件を解決して去っていく謎の清潔感溢《あふ》れるホームレス〉に関する情報が入って来ていた。

そして、昨日、その者を強制連行したと一報が耳に入った。それも、自分の担当事件である〈蔦野医科大学連続不審死事件〉の被疑者としてだ。だから留置場にいるうちに取り調べをしようと思っていたら、その前に脱走したという。

そんなわけで、横道刑事は巨大犬の追跡を生き物係チームに任せて、このホームレスを追跡していた。すると、逃げるどころか捜査網が敷かれている蔦野医科大学に向かってきているではないか。何という肝っ玉。

もちろん、今回の件が誤認逮捕であろうことは横道刑事も想像はしていた。あの得体の知れない男は、得体が知れないものの、カテゴライズするならば〈名探偵〉の部類であり、名探偵の逮捕が誤認逮捕でないわけがない。

「脱走犯が白昼堂々よくも現れてくれたもんだな」

横道刑事は降りてきた男に向かって警察手帳を見せる。

だが、まったくかの者は悪びれる様子がなかった。

「逮捕してもいいぞ。今さら逮捕する意味があるなら、だが」

逮捕する口実ならある。だが、そんなことをしても何の得もないことはわかっている。

この男が犯人だなんて有り得ないのだ。

「逮捕はしない。だが、聞きたいことなら山ほどあるぞ」

「こっちにも聞きたいことはある。だから来たんだ。〈ルームD〉にあった足跡の主と、マスティフ犬を嚙《か》み殺した巨大犬とは同一の犬なのかね？」

あまりの鋭さにドキリとした。警察の誰からも出なかった質問。今のところ、横道刑事だけが気にしているところだった。

「いや、一致していない。だが、そこは問題ない。いずれにせよ、上野珍獣園から脱走した巨大犬を捕まえるのが先決だ。それとも、君が真犯人として自白するかね？　それなら話はべつだ」

「おもしろい冗談だ。脇道刑事」

「横道だ」

「横道刑事。君はその名のとおり横道に逸《そ》れるのがお好きらしいが、しょうじきに言って、ここから先は君には少々荷が重い。少し後ろに下がって、私に全権を委《ゆだ》ねてみないかね？」

この男は何を言っているのだ？　日本社会の縮図たる存在としての警察組織が、外部の人間、それも路上生活者に、事件捜査の全権を委ねるなどということがあろうはずがない。

だが、男は続ける。

「無論、全権は君にある。だが、その君が、私に全権を委ねる。見た目としては君の手柄。君が一人で振るった采配《さいはい》で事件が早期解決となる。何か問題かね？」

「馬鹿げたことを。路上生活者の手など借りなくとも、間もなく事件は……」

「間違いなく、暗礁に乗り上げる。賭《か》けてもいいが、今君たちが追っている巨大犬なら、間もなく都内から消えるぞ」

「何だって？　どういうことだ？」

だが、横道刑事の質問に対し、この男は答えようとしない。隣ではうら若き娘が楽しそうに様子を眺めている。

「あれだけ大騒動を繰り広げて、ゴジラ並みに都内を騒がせている巨大犬が消えるだって？」

「恐らく、この件はマスコミは一切報じない。それどころか、君の耳にも情報が入ってこなくなるかもしれないな」

そこでシャーロックは耳を澄ませるポーズをとる。

「ほら、もう鳴き声も聞こえない。間もなく消えるよ」

耳を澄ますと、たしかにさっきまでは聴こえた巨大犬の遠吠えはもう聞こえなかった。

恐らく生き物係の連中が捕獲したのだろう。彼らには生き物を安全に捕獲する適切な知識がある。

「何だって……」

「どういうことか教えたまえ！」

「路上生活者の手は借りないと言ったばかりじゃないのか？」

「いや……だが、気になるところで情報を寸止めされたら……イヤン、意地わるぅ」

「キャラを変えても無駄だ。ここからの情報はタダじゃない。仮に今日から捜査に一週間を費やすとしよう。その捜査に警察官が十名から二十名は動員される。そうだな？」

「まあ……そうだが」

二十人では少なすぎるくらいだ、と横道刑事は思っていた。

「では、その人件費をまるごと私に寄越せ。そうすれば、今日中に事件を解決してやる」

「きょ……今日中だと？」

大きく出たものだ。この大法螺《おおぼら》吹きめ、と横道刑事は内心で罵《のの》った。だが、この男にはかつて一度事件解決のヒントをもらったことがある。ほかの刑事たちも〈あの颯爽と現れる路上生活者〉をどこかラッキーアイテムに思っているところがあった。

今回も彼の能力が発揮されるのなら、捜査費用をこのホームレス探偵に支払うくらいのことは必要経費と考えるべきかもしれない。

「本当に今日一日で解決するなら、考えよう」

「よろしい。では、まず君に任務を与える。敵は内部にいると考えたことはないかね？」

「内部だって？」

「生き物係がいま巨大犬を捕まえたのだとして、君に連絡は来たか？」

「いや、まだだが……これからじゃないか？」

「賭けてもいいが、君たちには連絡がこない」

「何だって？」

「今から生き物係と公安警察に連絡を」

「何を確認すればいいんだ？」

「ただ一つ、こう言えばいい。自分たちに隠していることがあるのではないか、と」

「……それで何がわかるというんだ？」

「いいから聞いてみたまえ。もしとぼけようとしたら、大きな犬のことだ、と念を押せ」

ここで横道刑事は考える。いまこの男が言った台詞《せりふ》を、自分はどんなトーンで言えばいいのだろうか？　おどおど言うのは論外にせよ、高圧的に言ってもしも見当違いだったら、内部での信頼を失うことになりはすまいか。

だが、こればかりは、横道刑事本人が気になっているところでもある。というのも、珍獣園の園長を問い詰めたのは自分だったのに、その後、マスコミの報道に規制がかかったらしいからだ。

警察内部から圧力がかかったのは間違いない。現場の人間ではない。もっと上からの圧力に違いないのだ。

そんなふうにあれやこれやと考えつつ、生き物係に電話をかけた。

「こちら生き物係」

「刑事一課だ。今追っていた巨大犬について尋ねたいのだが」

長い沈黙が流れた。いやはやまったく予想だにしないことであった。ここまでの長い沈黙の川ができるのであれば、遠藤周作《えんどうしゅうさく》の『深い河』でも手元に用意して読書でもして待っておけばよかった。

「我々に答えられることなら」

しばらく間をおいてから、ようやく生き物係の人間はそう答えた。

「遠吠えが聴こえなくなった。捕獲に成功したんじゃないのか？」

「……したよ。だが、あの件は君らとは関係ない」

歯切れが悪い。合間に挟まる沈黙も気になる。

「なぜそう言い切れる？　実際にアイツは蔦野医科大学の警備用のマスティフ犬を殺したんだ」

「んん、いろいろあるんだ。公安の連中に聞いてくれよ。こっちじゃ判断できない。察してくれよ」

電話は切れた。まさか本当に何か隠しているとは思わなかった。戸惑いを抱きつつ、続いて公安に電話をかける。

「こちら公安部」

「ヤスさんはいるか」

「少々お待ちを」

しばらく音楽が流れた後で、嗄《しわが》れ声が電話に出た。

「お電話代わりました」

「ヤスさん、俺だ」

「何だ、横道か」

ヤスさんは、昔刑事一課にいたことがあり、その時はかわいがってもらっていた先輩なのだ。何度か飲みに連れていってもらったこともあるし、寝ているときに服の裾《すそ》にゲロを吐いて迷惑をかけたこともある。

「つかぬことを伺《うかが》いますが……」

「犬のことか」

「ええ」

察しがいい。さすがはヤスさんだ。ところが、その後はけんもほろろだった。

「忘れろ。犬のことは、事件と切り離せ。酔いの記憶だって忘れたろ？　俺の鞄《かばん》に小便したことも」

「え！　そ、そんなことしましたか、俺……」

「嘘だ。そこまではしていない。とにかく忘れろ」

「そうもいきませんよ。だってまだこっちは未解決で……」

「わからねえ野郎だな。他を当たれ。とにかくあの犬なら国内のどこを探しても無駄だ。今はすでに太平洋の上だ」

「な、何ですって……？」

たった今まで都内で大暴れしていた犬が、太平洋の上だって？　自衛隊のヘリか飛行機を使ったな、と察しがついた。

しかし——何だってあの〈化け犬〉の存在自体を隠さなくちゃならなかったんだ？　横道刑事の頭の中には無尽蔵にクエスチョンが生まれる。が、電話はそんなクエスチョンを放置して、無慈悲にも切られてしまったのだった。

「警察同士なのに嘘をつかれてるってこと？」

横道刑事が電話をかけにいっている間、ボクはシャーロックに尋ねた。

「嘘じゃない。ただの沈黙さ。公安としては、黙ってやらざるを得ないことがある。今回の案件は、恐らくその最たるものだったはず」

「シャーロック、君は何を知っているの？」

ボクは不思議でならなかった。ボクとほぼずっと一緒にいるのに、どうして想像もつかないことを突然言い出したりするんだろう？　どこかから手品みたいに情報を取り入れているとしか思えない。

「君が知っているようなことを知っている。おさらいをしようか。上野世界珍獣園から一ヵ月前に巨大犬が脱走していた。その犬は近日公開予定だった。それが一ヵ月経ってようやく明らかになったというのに、マスコミは報道に及び腰。捕獲してもすぐに横道刑事の元に情報が入らない」

「それはわかるけど……公安が絡んでくるのはどうして？」

「わからないか？　そもそも今回の巨大犬の失踪《しっそう》が発覚したのは、蔦野医科大の事件があればこそなんだ。筋から言えば、当然横道刑事に報告がいくべきだ。それがすぐに伝達されないってことは、報じられないような犬。あるいは、犬じゃない犬だってことだ」

犬じゃない犬？

なにそれ……。

「えーんワトスンわかんなーい」

「こういう時だけぶりっ子するんじゃない」

「テヘペロ。いや、マジでわかんないざんす」

と、そこへ横道刑事が戻ってきた。

「君の言ったとおりだった。君は何者なんだ？」

「単なる路上生活者だよ。で、公安は何と言っていた？」

「犬なら、今は太平洋の上だ、と。それで電話を切られてしまった」

「そういうことだ。君たちの追っているお犬様はこの国を去った」

「だが、事件に関わる以上、我々は海を泳いででも追わなければ」

「そう早まるな。こんな寒い季節に海を泳いだら凍え死ぬぞ。もうその犬を追う必要はない」

シャーロックは厳しく断言してから、パイプに火をつけた。

「ありもしないところからは、何も出てこないが、火のあるところには煙が立つ。君たちは捜査をしたと言いながら、細部を見逃しているんだ。これは、まったく日本の警察全般がいまだに抱える怠慢というべきだ」

「……君は事件が解明できているのか？」

恐る恐るといった感じで、横道刑事は尋ねた。無論だ、とシャーロックは欠伸《あくび》でもしかねない調子で答える。うわぁ、余裕かましてるぅ。

「なぜこの段階で何もわからないのか、むしろ謎はそっちのほうだ。君たちの脳みそに煙草の葉でも詰めてやりたいね。横道刑事、君くらいの図体《ずうたい》の煙草があれば、一年はゆうに吸っていられる。そうすれば、私は煙草を年間にたったの一本しか吸っていないことになるんだ。節煙も節煙ではないか」

「俺の身体に煙草の葉を詰め込む計画は立てないでくれ」

大真面目に答えるのがおかしくて吹き出してしまった結果、横道刑事に睨《にら》まれちゃった。失敗失敗。

「あ、オホン……で、でもさ、シャーロック、実際、〈化け犬〉が犯人だってシャーロックも言ってたじゃない？」

「言っていたが？」

「その〈化け犬〉が海の上にいるんじゃ、解決できないのも仕方ないんじゃないの？」

「その〈化け犬〉じゃないんだよ。もう気づいていい頃だ。何て愚鈍なんだろうな、君たちは」

「ウゲッ！　君たちって……ボクも含まれている？」

ボクがちらっと横道刑事の顔を見ると、横道刑事は明らかに憤慨した様子だった。憤慨すると、さらに痩《や》せこけたイタチに似て見える。

「二つも殺人があって、それでも事件を解明できないのはよほどの無能と言うしかあるまい。少なくとも、今私には、君たちの知的レベルがはっきりとわかった。無能だ。無能すぎる」

「い、言い過ぎだよ！　無農薬ではあるけど無能じゃない！」

「そうだそうだ、言い過ぎだぞ！　オーガニックなんだ、我々は！」と横道刑事も噛《か》みつく。でもなんかズレてるよ。オーガニックはここでは関係ないし、ボクの言った脱線に乗っかりすぎてるし。

いかんせんボクと横道刑事のコンビでは弱すぎて太刀打ちできなそうだ。

横道刑事はなおも続ける。

「では、犯人はどこにいるんだ？　え？　言ってみたまえ。どうせハッタリをかましているだけなんだろ？　本当に犯人がわかってるなら、方角だけでも示してみたらどうだ？」

挑発されてもシャーロックは余裕しゃくしゃくって感じ。これは分が悪いよ、横道刑事。

と思ってると、シャーロックは勝利の笑みと共に、まっすぐに蔦野医科大学の建物を指さした。

「犯人は、あの建物の中にいる」

「なに？　い、医大の関係者に犯人がいるというのかね？　馬鹿な！　立派なお医者の先生方ばかりだぞ！　しかも、今日なんて犬が噛み殺されてるんだ。人間が犯人のわけないだろう！　それとも何かね？　人間が犬を噛み殺すとでもいうのかね？」

「犬の件は違う。あれは、もう今海の向こうへ運ばれているお犬さまだろ」

「じゃあ最初の二つは医大の関係者の犯罪だというのかね？」

「私は医者が犯人だとは言っていないよ」

「じゃあ一体……」

「最初からずっと私は言っているんだ。犯人は、〈化け犬〉だってね」

それだけ言い残すと、シャーロックは医科大学の門に向かって歩き出した。

警官たちに抑えられそうになると、シャーロックは「警察関係者だ」と堂々と言い張った。戸惑っている彼らに、背後から追いかける横道刑事が渋々頷《うなず》いてみせた。

「入れてやれ」

すぐに道が開く。わあ何だかよくわかんないけど、ボクの脳内から飛び出た妄想のはずが、本当に名探偵シャーロックっぽい感じの展開になっていて胸熱なんですけど……。ボクは小躍りしながらその後についていった。きゃっほーい。

こうして、思いがけずボクたちは警察公認で蔦野医科大学にふたたび入ることが許されたのだった。

第十一章　地下室の冒険

「〈化け犬〉は犬のようで犬ではない」

　シャーロックは歩きながら宣言した。うん、名探偵っぽい。パイプをくゆらせながら颯《さっ》爽《そう》と医科大の研究棟を歩くシャーロックは、これまでになくもっとも名探偵オーラを発してる。

「そりゃそうだ。〈化け犬〉だもんね」

　ボクは合いの手を入れる。ワトスンよろしく。浮足立ってしまうのは、人生初の名探偵解決の名場面を見られる期待に胸が膨らんでいるから。

「したがって、我々は頭の中にいかなる〈化け犬〉のイメージも持つべきではない。見えていることからだけ、その全体像を作り上げていくんだ」

　そこへ少し後ろを歩いている横道《よこみち》刑事が茶々を入れる。

「ご高説はいいが、さっきからまったく何もわからんね。〈化け犬〉の全体像だって？何を言ってるんだ？」

「君がわからないのは、君がバカだからだ。安心したまえ。それより、清掃員を〈ルーム

D〉へ」

「なぜ清掃員を？」

「君は〈化け犬〉の性質を知らない。私は、ずっとこの医科大に巣食う〈化け犬〉の性質を理解しようと努めてきたからわかる。いや、もっと言えば、私はその前からずっとこの医科大を調査していたんだ」

「なぜだ？」

「この医科大学ではずっと不正入試が行なわれてきた。それだけじゃない。女性の医師への待遇もあまりよくない。非常に閉鎖的なうえに、あまりに行き過ぎた行為が頻繁に見られた」

「なるほど。まあ、本件とは関係なさそうだが」

「関係なくはない。だが、これはまたあとで語ることにしよう。それで、私はずっとこの医大のゴミを隈《くま》なくチェックしていた」

「なぜそんなことをする必要があるんだ？」

「一つは、不正入試の証拠を探るため。もう一つは、路上生活者としての嗜《たしな》みだ」

「……なるほど」

わかりやすい理由でたいへん助かる。路上生活者だからゴミをチェックしていた。ふむふむ。育ち盛りだからお腹が空《す》いた、みたいなもんだよね。

「じつは、調べていくうちに、蔦野《つたの》医科大学のゴミ置き場のゴミの量が著しく増えたのが、三カ月前からだと判明した」

「へぇ。夏場でもないのにね」

夏場なら、ペットボトルの量が増えるとか、そういった理由でゴミの量が増えることは理解できるよね。ところが、そうじゃないらしい。

「実際のところ、ゴミ自体が増えているわけではない。正確に言えば、増えているのはゴミの量ではなく、ゴミ袋の量といったほうがいいだろう」

「ゴミ袋の量が増えただって？」横道刑事は怪訝《けげん》な顔になる。

「そういうことだ」

「なぜゴミ袋が増えるの？」とボクは尋ねた。

「頭を使えよ。なぜだと思う？」

「んん、普通に考えるなら、ゴミをまとめるのが早いってことだよね？」

「そう。三カ月前から、一日に出るごみ袋の量が十袋に増えている」

「十も？　それ以前は？」

「せいぜい一日三袋。それが全エリアのゴミを回収してまとめた結果のゴミの量なんだ」

「燃えるゴミ？　燃えないゴミ？」

「そのような区分けをするのは、ゴミ置き場に放置してから三日後と決まっている。なぜかわかるか？　医療系の資料が間違って捨てられてしまう可能性があるからだ。それを恐れた医大は、ゴミの収集を早める代わりに、ゴミ置き場での分別は三日後と定めているんだ。つまり、燃えるゴミも燃えないゴミも空き缶もスプレー缶も粗大ごみも、全部合わせて三袋。それが平均だった。ところがこの三ヵ月はそうではない。ゴミ袋は十袋」

「ゴミは一日の最後に一気に回収されるの？」

「ちがう。三ヵ月前までは、午前の終わり、午後三時、午後六時の三回だった。それが、現在では午前八時半、九時半、十時半、十一時半、十二時半、十三時半、十四時半、十五時半、十六時半、十七時半、と一時間おきに回収されている。明らかにゴミの回収しすぎなんだ」

「業者が変わったの？」

「清掃員の個人的な趣向なのかも知れない」

個人的趣向というところを、ホームズは意味深にゆっくりと言った。

「が、そんなことはどうでもいい。清掃員に注目しろとは言っていない」

清掃員がきれい好きとかそういう話じゃなかったのか……。ということは、ええとええと、どういうこと？

「つまり——事件は、この清掃員の清掃時間に合わせるようにして起こっているわけだ」

それを聞くと、それまで悠長に構えていた横道刑事が「こりゃ大変だ！」と騒ぎながら飛んでいった。きっと清掃員を探しにいったんじゃないかな。その背中にシャーロックが言った。

「〈ルームD〉で待っているぞ」

ボクたちは八階に向かうべく、エレベータに乗った。

そしたら、ちょうどそこへ安藤愛璃《あんどうあいり》医師が乗ってきた。

きゃっほー、ボクの推し。足の先から耳の裏まで優美の麻薬を沁《し》み込ませたような人だ。彼女と次に会ったら文句を言ってやろうと思っていたのに、その美しさに完全にノックアウトされてしまって何も言えなくなっちゃった。ボクってホント推しに弱いんだ。

「あら、いつかの偽学生さん。ここで何を？」

「ぼぼぼ、ボクはもうすぐここの学生になるはずの人間です」

「あなたの名前は合格者の中になかったはずよ？　岩藤《いわとう》すずさん」

「……なんでボクの名前を？」

「見知らぬ顔だったから、きっと受験生の誰かだろうと思って調べたの。ドンピシャだったわね。不合格が不満でこの大学をうろついているの？」

「ボクはただ不正入試の犠牲になっただけです」

「みんなそう言うわ」

するとシャーロックが咳払《せきばら》いをした。

「安藤愛璃。ウェールズ医科大学を首席で卒業。しかしあなたの妹は、国内の高校に進学後、蔦野医科大学を受けるも二年連続で失敗。最後には、満点の成績で入学したが、彼女の目指す理想の医師像を学長と副学長にさんざん否定され、自分の才能の限界を感じて自殺。君なら、この娘の気持ちがわかるんじゃないのか？」

「……あなたの名は？」

「ただのホームレスだ」

「シャーロックです」とボクは隣から言った。「この男こそ、現代に颯爽と現れた名探偵、シャーロック……」

「ホームレスだ。安藤医師、君とは以前にも何度か会っている」

「……あなたと？　ご冗談を」

「君と会う時はたいてい、私はべつの顔をしているがね」

その言葉で、安藤医師は青ざめた。そこで彼女が降りる予定の七階になった。

〈開〉のボタンを押しながら、シャーロックは告げた。

「間もなく君も含め、関係者一同にお集まりいただくことになる。せいぜいウォーミングアップでもしておきたまえ」

安藤医師は引きつった顔でシャーロックをひと睨《にら》みしてから早足で歩き去ってしまった。一歩歩くたびにふくらはぎの筋肉がきれいに浮き出る。かっこいい。最強。語彙《ごい》力放棄。

ボクはしばらく呆《ほう》けた顔で安藤医師の後ろ姿を見送った。

ドアが閉まる。

「よだれが垂れているぞ」

「え！　ま、まじで？」

「冗談だ」

慌てて拭《ふ》きかけていた手を止める。一杯食わされたようだ。やがて、エレベータが八階に着いた。

「シャーロック、チャック開いてる」

「その手は食わない」

シャーロックは颯爽と降りていった。あぁあ、馬鹿だなぁ、本当にチャック開いてるのに。


さてここは物語の主役とも言うべき〈ルームD〉。

ここで二度の血腥《ちなまぐさ》い殺人事件が起きた。だが、この医科大学全体から見れば、〈ルームD〉は、ふだんはあってもなくてもどっちでもいい部屋である。

この、一年の九割を物置部屋同然で終わらせている〈ルームD〉が、ここまで脚光を浴びたことが、果たしてこれまでにあっただろうか。

だが、語り手に言わせれば、この場所が、今、このタイミングでこうして脚光を浴びるに至ったのは、時代的な必然だったのである。

この場所は、忘れられるべくして忘れられ、思い出されるべくして思い出されることになったのだ。

それには、果てしなく長い因縁の物語がある。

そのすべては、シャーロックの推理によって解き明かされることだろう。そうでなくては、いかに探偵が活躍しようと、探偵小説とは呼べないからである。

「チャック……開いてますよ」

十分後、横道刑事とともに現れた清掃員は、〈ルームD〉に現れるや否やシャーロックにそう指摘した。

「だから言ったのに」

シャーロックは無表情にチャックを閉めた。

「さすが、塵《ちり》一つ見逃さないきれい好きの男らしい観察眼だ。君を試したまでだ」

「すごい言い訳……」

ボクが絶句していると、シャーロックがじろりと睨んできた。

たしかに、清掃員の男の人は、いかにもきれい好きそうではあった。少しウディ・アレンに似ていて、俯《うつむ》き加減で神経質そうに何度も眼鏡を押し上げる仕草がまさに若い頃のウディ・アレンそのもので、ボクの中でウディ呼びが確定したのは言うまでもない。

「君がここの清掃員となったのは三カ月前だな？」

「ど、どうしてそれを？」

ウディさんはおどおどした様子で尋ねた。

「私はちょっとした趣味で、この医科大学のゴミを毎日チェックしている。ゴミの処理の仕方には個性が現れる。毎日一時間おきのゴミ回収は、清掃員のやり方としてはやややりすぎだ。君は根っからのきれい好きのようだな」

「はい……潔癖症でして」

「だろうと思ったよ。だが、不思議だな。なぜ潔癖症なのに、よそ様のゴミを捨てるような仕事に就いたんだ？　黴菌《ばいきん》もいっぱいいるかも知れない」

「医大は、ゴミにも消毒スプレーを撒《ま》きながら回収するんです。それに、ゴム手袋もマスクもつけてますから、汚くありません」

「きれい好きの君にとって、この職場は天職だったわけだ」

「ええ、はい……あの、私に聞きたいことと言うのは一体……私は何も悪いことはしておりません……」

ウディさんは泣き出しそうな顔で言う。

「わかっているさ。ちょっとしたことを尋ねたいんだ」

「ちょっとしたこと……というと？」

「一昨日《おととい》のことだ。思い出してほしい」

「記憶力はいいほうです」

「それはよかった。〈ルームD〉での出来事だ」

「何時ごろの？」

「一時半だ」

「一時半……例の事件の時間ですね。私は一時二十六分に一度入室して、トイレにモップを濡らしに行って、三十三分ごろに戻ってみたら窓が開いていたので外を覗《のぞ》きみたんです。そうしたら……副学長がすでにお亡くなりになられていました」

「二度目に部屋に入った時、おかしな点はなかったかな？」

「おかしなことですか……あ、そうだ。風でテーブルが倒れたみたいなんですよね」

「テーブルが倒れる、とはどういう意味かな？」

「ええと、つまりですね、掃除するとき、このテーブルを、持ち上げて壁に立て掛けておいたわけです」

「なぜテーブルを持ち上げる？　筋トレでもする気かね？」

「まさか。もちろん、掃除のためですよ。やりませんでしたか？　小学生の頃、テーブルを端に寄せる」

「やったね」

「でもこの部屋は狭いので、端に寄せるほどのスペースはありません。それに、テーブルの脚がとても太いんです」

それは、最初にこの部屋に入ったときから思っていた。ずいぶん立派な脚をもったテーブルだなって。存在感がありすぎるというのか。でも、それは医大ならではの権力志向には合っているようにも思えたんだよね。

「この太い脚の下にゴミが溜《た》まりやすいんですよね。だから、いったん脚を上げて壁にもたれかけさせておくわけです。で、そうしておいてから、私はモップを一度洗いに外へ出ました。ところが、戻って来ると、テーブルが元通りになっていたんです」

「なるほど……」

シャーロックは考え込んでいる。ボクも隣で考え込む。ううむ。何かが腑《ふ》に落ちない。

ボクは口を挟んだ。

「清掃員さん、最初に〈ルームD〉に入った二十六分の段階では答案用紙は落ちていなかったんですね？」

「あったかなぁ……なかった気がするけど……」

自信なさげにウディさんは頭を撫《な》でた。すると、シャーロックはその曖昧《あいまい》な発言から即座に時系列をまとめ上げる。

「彼が最初に部屋を訪れた一時二十六分からワトスン君が部屋を訪れた一時半の間に現れた何者かが、血痕《けっこん》のついた答案用紙をバラ撒いた。血痕は副学長のものに間違いなく、その副学長は一時二十八分に入室したことが監視カメラでわかっている。つまり、答案用紙をバラ撒けるのは実質二分間。この空白の二分間に出入りしたのは、学長だけ。だが、その学長も二つ目の事件では被害者となった」

「じゃあ誰が答案用紙をバラ撒いたのかね？」

横道刑事が首を傾げる。

「さあ、そいつはこれからゆっくり話していくとしよう。まず何よりも不自然なのは、人の出入りするタイミングが重なりすぎていること。まるで、謀ったようじゃないか？　この我が助手が入ったのは偶然だとしても、安藤医師はなぜここを訪れたのか。そして、何より真っ先に考えるべきだったことが、副学長がこの部屋を訪れた理由だ。彼はなぜこの部屋を訪れたのだろう？」

「第二の犯行現場もこの部屋だったね。あ、そうだ！　ウディさん」

「う、ウディさん？」ウディさんは素っ頓狂《とんきょう》な声を上げる。

「あ、ごめん。いまのはボクの頭の中で勝手に定着させちゃった呼び名」

うっかり呼んでしまった。失敗失敗。

「ウディさんて呼んでたんですか？　なんか、かっこいい気もしますけど……」

「わぁ気に入ってもらえてよかった！」

「気に入ったわけじゃ……」

ここは面倒くさいから無視。

「ウディさんは、学長の死体も見てるんですか？」

ウディさんは正直に頷《うなず》いた。

「はい、たしかにその通りです。私が掃除をしようとしたら死体が。しょうじき呪われてるんじゃないかと思ったくらいです」

シャーロックはふふん、と冷笑を浮かべる。

「そして、ちょうど夕方五時前後にここを訪れた学長は、ウディさんがテーブルを立てかけてから一度モップを洗いに行っているタイミングで殺され、〈いぬにふまれた〉とメッセージを遺《のこ》した。第一の事件と同じさ」

「ボクの名前は中村《なかむら》です」

ウディさんが真面目に訂正を入れたけど、あいにくこっちはそれどころじゃない。

「そして戻って来ると、テーブルは元通りってわけね？」

「その横には死体。〈化け犬〉の性質がまた一つ明らかになった。〈化け犬〉は、テーブルを隠れ蓑《みの》にしていたようだ」

「テーブルを隠れ蓑にだって？」横道刑事が唸《うな》り始める。「なるほど、テーブルの裏手に隠れれば、被害者から見えないなあ！　だが、〈化け犬〉が隠れきれるのかね？」

「結果から原因へと遡《さかのぼ》ることだよ、横道刑事。今は〈化け犬〉のサイズの話なんかしていない。大事なのは、テーブルの裏に隠れていれば、被害者に気づかれずに副学長や学長に接近することができるという一点のみだ」

「そうそう、それボクも思ってた」

大きく頷いておく。

「調子がいいな、ワトスン君」

「だが、しかしね、君たち……」と一人納得いかない様子なのが横道刑事。「後頭部には犬の足にやられたような痕跡《こんせき》があるんだよ？　あんな巨大な犬が壁に立てかけられたテーブルの裏になんか……」

横道刑事が疑問に思うのもごもっとも。いくら大きなテーブルとはいえ、壁に立てかけた際にできる三角柱型の隙間は、人間でもしゃがんでじっとしているよりほかはないくらいのスペースしかないんだもの。ここに〈化け犬〉がいたと言われても困っちゃうよね。

「しつこいなぁ君は」シャーロックは忌々《いまいま》し気に横道刑事を見やった。「そもそもこの部屋には巨大犬は出入りできないよ。ドアが、足跡から想定される犬のサイズよりも小さいんだから」

そうだった。そのための実験を、シャーロックはやっていた。

「何だって……？　じゃあここは犯行現場じゃないんだな？」

「いや、犯行の時間的なことを考えても、殺害されたのはこの部屋以外には考えられない」

「言ってることが矛盾してるじゃないか！　君は犯人は〈化け犬〉だと言いながら……」

「さっきから言ってるだろう。ボクは〈化け犬〉のサイズのことは何一つ言っていないんだ」

「〈化け犬〉は小さいのか？」

シャーロックは横道刑事の問いにうんざりしたといったようにかぶりを振った。

「君の愚問にはほとほと嫌気が差すなぁ、横道刑事。さっきから同じことを言わせるんじゃないよ。〈化け犬〉のサイズの話なんかしていないと言ってるんだ」

大きいでも小さいでもない。サイズの話ではない？

「でもシャーロック、君はさっき巨大犬はドアを出入りできないって……」

「ここにも馬鹿が一人いたか」

「あ、馬鹿って言った人が馬鹿なんだよぉ？」

「さっきのは巨大犬の話であって〈化け犬〉の話ではない」

「〈化け犬〉はべつにいるってこと？」

シャーロックは半ば不機嫌に、そして乱暴に頷いた。

「いま、清掃員のウディさんのおかげで一つ明らかになったことがある」

「中村です」

ウディさんは懲りずに申告する。

「つまり、犯行はいずれも、ウディさんがこのテーブルを壁にもたれかけさせ、一度モップを濡《ぬ》らしにトイレに行った隙に行なわれている。〈化け犬〉に意思があるかどうかはともかくとして、このタイミングを決めたのは、明らかに人為的なもの。すなわち、〈化け犬〉の同伴者がいることになるんだよ」

「なるほど！」横道刑事は興奮気味に片方の拳《こぶし》をポンともう一つの掌の上で叩《たた》く。

シャーロックは相手にせずに続ける。

「〈化け犬〉の同伴者探しをしよう。今から一時間後に、これから言う人を集めてくれたまえ。安藤愛璃、新島壮一《にいじまそういち》、看護師の井村里美《いむらさとみ》、それと……」

「あの、私はもう戻っていいんでしょうかね？」

ウディさんが口を挟んだ。

「いいわけがない。ウディさんはここに残るんだ」

「ででででも仕事が……あと、中村です」

「清掃会社には横道刑事が電話を入れてくれる。とにかく、頼んだよ、横道刑事」

「そいつらの中に犯人がいるのかね？」

横道刑事は確認する。ああこれ要らない確認だなぁ、と思ったら予想通り手痛い進言が戻ってきた。

「君はその頭のわるい質問の仕方をそろそろやめたほうがいいね。今のうちにやめておかないと、出世に響くぞ」

「な……なんだと……！」

シャーロックが口が悪いことは知っているけど、これほど悪いとさすがに冷や冷やする。もうここ冷凍庫かってくらい。

「何度も言わせるなよ。いいかい。私は犯人の話なんかしていない。同伴者と言ったんだ。この場合の〈伴〉とは、本当の意味で一緒にいたということじゃない。伴奏と同じだ。言うなれば、この事件における伴奏者は誰だったのかってことだよ」

ここで語り手は、同じ頃の蔦野夫人の行動についてお伝えするべく語り始める。彼女は今、窓際の揺り椅子に腰かけ、段ボール箱を運んで慌ただしく往来する引っ越し業者の青い制服をぼんやりと眺めている。

もはや邸内には、この揺り椅子を除いては荷物らしい荷物も見当たらない。やがて、業者の一人が彼女に近づき、起立を願う。とうとうこの揺り椅子で最後になったようだ。

蔦野夫人がにこやかに立ち上がると、業者はその椅子を玄関の外へと運び出す。ついにこの日が来たのね、と感慨深く彼女が思っていると、業者のリーダーらしき体格のよい男がやってくる。

「荷物はすべて積ませていただきました、奥様」

引っ越し業者は、蔦野夫人にそう報告した。ぜんぶでトラック五台分もの荷物。蔦野夫人はそれらをパッケージするところから何からすべて業者に任せることにした。かなりの金額にはなったけれど、莫大《ばくだい》な遺産があればそれも問題ない。

「あの……どうか、気を落とさないでくださいね。あなたはおきれいですし、まだいくらでもやり直しがきくと思います」

業者が差し出がましいことを言うのさえ、蔦野夫人は微笑ましく思った。

「ありがとう。私も同感よ」

彼女は今日、この家を出るつもりでいた。蔦野金吾《きんご》の葬儀はまだ済んでいないが、もうじゅうぶん。彼には親族がたくさんいる。葬儀の手配さえ整えておけば、あとは彼らがどうにでもするだろう。

南国の風が自分を呼んでいる。新しい暮らしが始まるのだ。

「それで、荷物なんですが、本当にあれでぜんぶでしょうか？」

蔦野夫人は、にこやかに微笑み、屋敷を見渡した。

「ごらんなさい。どこに荷物が残っているというのです？」

「はあ、でも……」

業者の目は、玄関ドアの外に向けられている。

「もう終わりよ。ご苦労様」

蔦野夫人は、話はこれでおしまいだと示すためにそう断言すると、札束を彼に渡した。

「傷一つつけずに、配送してくださいね。信頼していますよ」

「かしこまりました」

業者はしぶしぶといった様子で玄関から出て行った。が、なおも玄関の脇にある地下へと続く階段をしげしげと眺めていた。

そこから、高低さまざまな奇声が漏れてくる。

「うるさいうるさいうるさいうるさい!」

蔦野夫人はカーテンを閉めた。

その直後のことであった。鋭いキィイイイという音が鳴り、何かがどんがらがっしゃんと衝突した音が自宅前で響いたのは。


しかしまったく我らが名探偵は気まぐれだよ。シャーロックときたら、一時間後の大団円を控えて、ボクが瓶の底に付着したジャムをスプーンでかき集めてつかの間のハッピータイムを堪能しているってのに、いきなり医科大の外へ行こうなんて言い出すんだもの。

「こんな時にどこへ? デート? やだなぁシャーロックったら。ボクはそんな軽い女じゃ……」

「来ればわかる」

シャーロックは言葉少なにそういうと、〈ルームD〉を出て、エレベータに乗り込んだ。

もう、強引だなぁ。ドキドキしちゃうじゃん。

「今から蔦野邸に向かう。もう手遅れかも知れないが……」

なーんだ、デートじゃなかった。わかってたけどね。

「一時間で戻ってこられるの？」

「無論、そのつもりだ」

そこに何があるのか気になった。でも、あんまり何でも尋ねるより、シャーロックを信頼しちゃおう。きっとそれが本当にバディになるってことだよね。気になることがあっても、鷹揚《おうよう》に構えておく。多少自分が間抜けな目に遭ってもいいから、とにかくシャーロックの行動についていって、役に立てるチャンスを窺《うかが》う。

この数日で、少しずつボクは臨機応変に物事を考えるようになってきている。脳内ホームズより、現実にシャーロック・ホームズがいたほうが、やっぱりワトスンにとってはいいみたい。

だからかな。シャーロックが、ストレッチャーに乗って移動すると言ったときも、あんまり抵抗はしなかったんだ。

「タクシーを拾えばいいのに」

「これがいちばん早いんだ。蔦野邸は、蔦野医科大学から徒歩五分の距離にある。この移動手段でじゅうぶんだ」

「ほかにいい乗り物はなかったの？」

「これなら見張り番も突破できるし、何より二人が乗るのにもちょうどいい」

一階でチャーターしたストレッチャーにボクを乗せ、後ろからシャーロックが足をチョンチョン蹴《け》りながら走らせる。スケボーよりタイヤが大きいせいか、走りも数段速い。風を切るように走る。

「シャーロック、これ、かなりスリリングなんだけど」

「気に入ったかね？」

「うん、すっごくぅあああぎゃあああああああ止めて止めて止めてぇえ！」

「無理だ」

それは死のドライブのスタートだったんだ。

大学のゲートを抜けたまではよかった。警官たちが何事かというような顔で見てはいたけれど、追ってまではこなかった。大通りを車と車の間で爆走しだしたあたりから天国の入口が見えてきたよね。

アスファルトは、ストレッチャーの子供だましなコロを燃やして吹き飛ばそうとするほどに加熱させていった。坂道を下る時は、とりわけすさまじかったなぁ。下を覗《のぞ》きみたらさ、コロから火花が散っていたんだもの。

「これ、まずいよ……」

「黙って前を向いているんだな」

そこまではシャーロックも冷静だった。わあ、こんな時でも冷静なんだなシャーロックは、なんてボクも思っていた。ところが、直後に「まずいなぁ」という呟《つぶや》きが聞こえた。今言ったよね？　まずいなぁって言ったよね？　でもそんな確認をするわけにはいかない。バディだもの。バディを信頼しなくちゃね。

「飛ぶぞ」

「え？」

「しっかりつかまっていろよ」

そう言った次の瞬間にはもうボクたちは飛んでいた。

ストレッチャーはどの屋根よりも高く舞い上がり、ボクたちは空中で一回転くるりと回って、やがてゆっくりとアスファルトに再着地した。その時には、もうすでにコロはどこかに弾《はじ》き飛ばされて消えていた。

そのままコロを失ったストレッチャーはキィイイイっと音を立てながらアスファルトを傷つけて火花を散らして走り続けた。その先に待っていたのは、まさかまさかのローリングローリング。

もう痛いなんてものじゃない。芝生の上にうまく軌道がズレたからよかったものの、そうでなければ死んでいてもおかしくなかった。

ボクの眼球なんて一回外れて芝生の上に転がっちゃったくらいだから。そのことは、周辺がやけにきゃぁあって叫ぶのでようやく気付いた。最初はそれどころじゃなかった。

体じゅう痛くて。でも、そのうち左目がやけに涼しいことに気づいて、それから芝生をころころと転がっていく眼球を見つけた。

ボクはそれを拾うと、ふーっと息を吹きかけて埃《ほこり》を払い、左目に収めた。ボクがそんなことをしている間に、早くもシャーロックは体勢を立て直して、インターホンを押していたんだ。すごい立ち直りの早さだよね。

どうやらここが蔦野邸らしい。蔦野医科大の白いモダニズム建築ともイメージの連鎖を感じさせるシンプルなデザインの大邸宅だ。

しばらくして、御影石《みかげいし》の石段を小走りにして蔦野夫人が出てきた。想像していたよりずっと若くて、きれいな人だった。彼女は黒いドレスに身を包んでいた。でも化粧が濃すぎて、あんまり喪に服しているっていう雰囲気でもない。

「お引っ越しかな?」

「……なぜそれを?」

「カーテンの隙間から、家具も何もない様子が見えているのでね」

シャーロックは窓を指さした。

夫人は微《かす》かにはにかみながら、頷《うなず》いた。

「そうです。引っ越すんですの」

なぜか、少しばかり嬉《うれ》しそうに見えた。

「副学長が亡くなった時と、蔦野学長が亡くなった時のことについて、二、三教えていただきたい」

「そのことは、もう警察の方にも一度お話ししていますけれど……」

「重複する質問もあろうが、彼らより有能な私に話すことに意味があるとご理解いただこう」

「……わかりました」

一瞬だけれど、目が泳いだ気がした。何を警戒しているんだろう？

「まず副学長が亡くなった日についてだが、夫人が知る学長の行動を教えていただけるかな？」

「はい。まず、主人はあの日、基本的にはお休みをいただいていたはずなんです。ところが、午前の終わりが近づくと、急にそわそわしてきて、おめかしなんかも始めました」

「なぜおめかしを？」

「さあ。恐らく、どなたか、素敵な方でもいたんじゃないでしょうか」

冷めた言い方だった。この夫婦はとっくに信頼関係が揺らいでいるようだ。

「それで結局、お昼を食べてから、一時十五分ごろに家を出て行きました」

十五分あれば、じゅうぶんに医大に着くことができる。

「ところが、ふだんならそういう時は……」

「ですから、おめかしをして出て行く時は……三時くらいまでは戻らないのですが、その日は違ったのです。なぜか血相を変えて戻ってくると、何やら探し物を始めました」

「どこで？」

「この家で、ですわ、もちろん」

だが、夫人の言葉に対し、シャーロックはじっと彼女を見つめ続けていた。

「それで？　忘れ物は見つかったのかな？」

「……見つからなかったようでしたわ。その後は、ひたすらベッドに潜り込んで何やら震えていました。私には意味がよくわかりませんでした。それから、もしも警察が来るようなことがあっても自分はずっと家にいたと言ってくれ、と。そんなお願いをされたのは結婚以来初めてでしたからびっくりしましたわ。幸い、夫が生きている間に警察が私に尋ねにくることはありませんでしたから、この嘘はつかずじまいでしたけれど」

「ふむ。お話しくださったことに謝意を表そう。ちなみに、亡くなった時もやはりおめかしを？」

「ええ。あの亡くなった日に着ていたスーツは、主人が好きでよく着ていたアルマーニのものなんですの」

「どなたと会われていたか、心当たりは……？」

「ございませんわ。そんなもの」

「でしょうね。答えにくいことに答えてくださったことに礼を言いたい。しかし、あなたは今、一つだけ嘘をつかれた。忘れ物はこの屋敷の中にはない」

夫人はびっくりして目を丸く見開いた。ボクがそんなふうに目を開いたら左目が落っこちちゃうところだ。

「外だね？　あの地下へ続く階段」

「ち、違います。それは絶対に……！」

「ワトスン君、行くぞ」

「お待ちになって！」

そう言われて待つようなシャーロックではない。彼は紳士だけど、真実の解明のためには貪欲《どんよく》な狼となれるんだから。

その点は、右に同じ。ボクも急いで後を追いかけた。

夫人の反応から、そこにあるものにひどく興味をひかれたんだ。そして、たぶんシャーロックがこの地下へ行くために何としてもここへ来たかったんだなってことも、今となってはよくわかった。

長い長い階段だった。仄暗《ほのぐら》い階段は、木製で進むたびにぎしっぎしっと音がする。

この先に何があるの？

聞こえてくる高低さまざまな咆哮《ほうこう》から、そこに待っているのが美女の宴《うたげ》やなんかじゃないことは確かだね。

ボクたちは覚悟して地下へと下りて行った。

奇声は、階段を下るほど大きくなる。

階段を下り切った。

「これは……」

シャーロックが絶句するのも当然啞然《あぜん》家内安全。

「嘘でしょ……」

そこは、珍獣どころか幻獣の宝庫。ナニコレナニコレボク日本語話セナクナリソウ……。

虎とライオンが合体したような巨大な黄金色の生き物、蛇のように長い身体をくねらせるペンギン。ユニコーンを思わせる角をもった黒豹《くろひょう》……。異形の者たちが、闇の中で目を光らせてボクたちを観察していた。

ゆっくり目が慣れてくる。ミステリアスな光と影に包まれた物体たちも、時間が経てばそれがリアルのものだと実感できるようになってきた。ここは異世界の入口なんかじゃない。最初は神話の世界に足を踏み入れたのか、さもなくば悪夢に入り込んだんじゃないかって気がした。

実際、よく見れば見るほど薄気味の悪い生き物ばかりがうごめいてるんだ。中には何種類もの動物を掛け合わせたようで、元ネタがよくわからなくなっているものもいる。正面の三段目にある檻《おり》では、マントヒヒとフクロウの合体したような黒目の大きな赤ら顔があたかもこの空間の神のように君臨していた。ヤバいな、なんか頭も良さそうに見える。空間の壁面は天井に至るまで檻で埋め尽くされ、天井付近の檻にいるクリーチャーたちはこちらに餌を投げつけたり、唾《つば》を飛ばしたりして必死に何か訴えている。

見た目はグロテスクだけど、この子たちはみんなここから逃げたいんだ……。ボクにはそのことがわかる。

背後から、夫人がやってきた。

「夫の名誉のためにも、ここは秘密のまま火を放とうと思っておりましたのに」

ひどいことを平気な顔で言う人だなぁ。好きになれそうにない。

「夫人、ここは一体……」

「世界には、幻獣と呼ばれているものもあって、それらは本当は実在しているのだ、とそのように主人は信じているようでした」

シャーロックは檻の一つ一つを吟味して歩く。その目は好奇心に満ち溢《あふ》れているように見えるけれど、その奥には怒りも潜んでいる。その気持ち、ボクもわかるよ。ここにいる動物たちは生命を弄《もてあそ》ばれたんだもん。こんな珍獣が自然界にいるわけがない。

これは――人工的に創られたクリーチャーたち。

「人工的な異種交配の産物だろうね。だが、それだけじゃない。明らかにそれらを施術によって縫合した跡が見える。学長は、外科医としてはかなり優秀な方で、縫合手術はつねに百パーセントの成功率を誇っていたと聞く。恐らく、これらの幻獣は彼のメスによって創造されたものだろう」

「お願いです、警察には……」

「こんな違法の宝庫じゃ、通報する以外の選択肢はない」

シャーロックが悪びれずにそう言うので、ボクは一応夫人に頭を下げた。ごめんね、正義には勝てないや。夫人はわなわなと震えていた。もはや主人を亡くしたショックよりも、故人の犯罪が暴かれて世間体が悪くなることを恐れている感じかな。

そんな夫人を放置して、シャーロックの目は、幻獣たちの小屋の一番奥に向けられていた。ひときわ巨大な檻があって、そこだけ檻が空になっているのだ。

「この檻が空なのはいつからだろうか？」

「存じませんわ」

「しらを切ってもいいことはない」

「本当です。私はそもそもこの地下には近づいてはならないと言われていたくらいなんです」

「事件の日、学長は一度戻ってくると、ここへやってきた。そして結局何も取らずに上がってきたわけだね？」

「ええ」

「その時、何か言っていなかったかな？」

「たしか、まずいことになった、とか何とか……」

「檻の鍵《かぎ》はどこへ置いてあったのかわかるかね？」

「それは、そこの壁の鍵かけに」

「ここか……」

シャーロックは右側の檻と檻のわずかな隙間に取り付けられたフックにぶら下がっている鍵の束を見つけた。

「夫人、なぜ地下に近づいてはいけないと言われたあなたが、地下の檻や鍵の在処《ありか》を知っているのかな？」

「……それは……」

「そしてもう一つ……あなたはさっきからなぜそんなにも平然としていられる？　この頭がおかしくなりそうな珍獣王国に佇《たたず》みながら。それは、あなたがこの空間を訪れるのが初めてでないからだ」

夫人が逃げ出して邸宅に戻ると、玄関に鍵をかけた。

「どうする？」

「放っておけ。彼女は学長たちの殺人には関わりがない」

「そうなの……？」

「奥方があの檻の鍵を開けたのは確かだろう。そうとは知らない学長は、動物が脱走したと考えて青ざめた」

「動物が脱走なんて無理でしょ。人の手がやったに決まってる」

シャーロックは、向かいの檻にいる、手足と顔がオランウータンで胴体のみがリスという奇妙な生き物に目を止める。胴体は極小なのに、手足が異様に長いんだ。しかも顔はオランウータンだからね。ちょっと見慣れるまでは気味が悪いよ。

「不可能ではない。たとえば、この奇妙な生き物の手は非常に長い。鍵の束に手が届く。過去に、いたずらで鍵を開けたことがあったのかもしれない。試してみよう」

シャーロックはオランウータンとリスの混合体に鍵を放り投げた。そのモンスターは見事にそれをキャッチすると、鍵穴《かぎあな》に差し込み始めた。わお。お見事！　サーカスに入《はい》れるね。

シャーロックはその様子を見て満足げに笑った。

「学長は鍵が開いていたのを見て、真っ先にこの子の仕業だと思ってしまったんだな。実際にはもっと器用に開けられる者がいるのにね。だいたい、この鍵の束から、動物が正解の鍵を見つける可能性は限りなく低い。家族の存在を忘れすぎてしまったのは、大いに彼の弱点となったようだ。だが、夫人一人でやったわけじゃない。きっと誰かそれを手引きした人物がいる」

「誰なの？　それは？」

「なあに、そいつはこの一件とは関係あるまい。それよりも、学長がなぜ急に檻を確認しようと思ったのかってことが大事なんだよ。つまり、学長はこの檻にいた生き物が逃げて、医大にやってきたと思ったんだ。自分の飼育している生き物が副学長を殺したかも知れない。生き物には嗅覚《きゅうかく》があるから、学長の匂いを追いかけて医大にやってくることはじゅうぶんに考えられたわけだ。だからこそ学長は青ざめて自宅の地下を確かめに戻り、檻がもぬけの殻になっているのを見てさらに青ざめた、と」

「この〈化け犬〉は、上野《うえの》世界珍獣園のそれとは別物なの？」

「いいところに気が付いた。同じさ。上野世界珍獣園にいた巨大犬が、何らかの理由で蔦野家に引き取られていた。そのあたりの話は、またこれから順に解き明かしていこうじゃないか。きな臭い話だ。本当にきな臭い。こんな事件は私の好みじゃないね」

「やっぱり本当に巨大犬が事件に関わっているんじゃないの？　現に学長は科学的な手段で、動物を掛け合わせて幻獣を創り出していたんだよ。これこそが〈化け犬〉ってことでしょ？」

ボクは興奮気味にシャーロックに詰め寄った。何しろ、たったいまその違法コレクションをこの目で見たばかりなんだから。幻獣が創り出せたら、幻獣が犯罪を犯さなければならないわけじゃない。君の発想は、状況証拠の積み重ねでしかない。〈化け犬〉が実在するということ。巨大犬が檻から逃げたということ。〈化け犬〉の足跡が現場にあったということ。これらは事実だ。だが、これを線で結んだのは、君の想像力かもしれない」

「え……想像力？」

いつの間にボクは想像力を発動してしまったんだろう？ そんなつもりはまったくなかったのに。

「方程式としては成り立ちそうだが、それが絶対解となるかどうかには疑問の余地があるということさ。たとえば、こうは考えられないかね？ 巨大犬は実在するが、〈ルームD〉の〈化け犬〉はそれとは別である、と」

「そんな偶然が起こり得るの？」

「もちろん起こり得るし、実際に起こったのさ。続きは〈ルームD〉に戻ってから話そう」

シャーロックは、表通りに出て完全に壊れたストレッチャーを見つめた。少なくとも、これに乗って帰れないことだけは確かだ。

「一つだけ教えてやろう。あの事件はいくつかの偶然の積み重ねによって起こったんだ。

だが、偶然と必然はいつでもコインの裏と表のように密接にリンクしているんだよ」

第十二章　はじめての大団円

ふたたび戻ってきたのは〈ルームD〉。

そう、今回の事件における、特別な部屋。我らが探偵シャーロック・ホームレスはふむふむと呟《つぶや》きながら室内を歩き回っている。

ボクは落ち着かない。シャーロックの言ったことが頭を巡っているけれど、いくら考えても何が何やらさっぱりわからないんだ。

センター試験なら簡単に解けるボクでも、この問題には大いに頭を悩ませられている。

現場には巨大犬の足跡。そして、珍獣園から脱走した巨大犬は、なぜだか大学長の自宅地下の檻にいて、事件当日、そこからも脱走していた。

怪しい匂いがぷんぷんするのに、シャーロックはこれを状況証拠に過ぎないなどと言うんだ。

一体、シャーロックは何をもってこんなことを言うのかな？

「さて、皆さま」

〈ルームD〉に集まっているのは、安藤愛璃《あんどうあいり》、新島壮一《にいじまそういち》、井《い》村里美《むらさとみ》、それからウディさん、横道《よこみち》刑事、ボク、シャーロック。このうち、事件関係者と言えるのは、四名。最重要容疑者のはずだった学長は、天国に旅立っている。

　ある者は仏頂面をし、ある者は何とはなしに気もそぞろに見える。その表情ひとつひとつを書き留めておくのは今はやめとくね。とにかく、シャーロックはみんなが揃ったところで一同の顔を見まわしたんだ。

「ここにお集まりいただいたのは他でもない。井上昭三《いのうえしょうぞう》副学長と、蔦野金吾《つたのきんご》学長の二件の殺人について、その真相を皆さんと語らうため。ご多忙のところ恐縮だが、しばしお付き合いいただこう」

　シャーロックの不遜《ふそん》な物言いに、新島医師が不快な感情を持っていることがわかる。彼はまだ四十代だろうけど、プライドが高そうなのは傍《はた》から見ていても痛いほどよくわかる。神経質でもあるのか、十秒おきに眼鏡を外しては拭《ふ》いている。

「はじめにこの二つの事件には共通項がいくつかあることをお知らせしておこう。犯行現場が〈ルームD〉であること。清掃員のウディさんが一度テーブルを壁に立てかけ、戻ってくるまでの数分の間の出来事であること。ウディさんが戻ってきたらテーブルは元通りに戻されていたこと」

「学長の件はともかく、副学長のほうも現場がこの部屋だというのは確かなんですか？」

　尋ねたのは井村看護師だった。彼女は言いながら足を組みかえ、悩殺ポーズをシャーロックにお見舞いしているけど、残念、人間嫌いのシャーロックにそんな攻撃は通じないよ。

「間違いない」

ほらね。超無表情。

「飛び降り自殺だと思っていたんだけど？」

ボクの推し、安藤愛璃が口を挟んだ。うわぁ、なんか白々しいなぁ。だって、彼女は事件直後の〈ルームＤ〉を訪れて血痕《けっこん》を目撃しているはずじゃん。

「ほう？　それは何故かな？」

ポーカーフェイスでシャーロックが聞き返す。

「副学長は庭園で亡くなっていたわ」

「だが、血痕はこの部屋にあった。それも副学長がここから飛び降りた時にはすでにあった。それと、巨大な足跡と咆哮《ほうこう》」

「その咆哮の件なんだけどね」と今度口を挟んだのは新島医師。「俺は仕事してたけど、まったく聞こえなかったが」

「イヤホンをなさっていたと聞いたが」と澄ましてシャーロック。

「まあ、してたけども。でも、巨大犬に襲われたら、もっと叫び声とか聴こえるんじゃないかと思うよ。さすがにイヤホンしていてもわかる」

「しかし、何と言われようと、この部屋で副学長は亡くなっている。死後硬直の時間から考えても、どこかべつの部屋で殺してからあの部屋に移すのはナンセンスだし、それほどの時間はない。答案用紙を数枚持って行って足跡だけつけて〈ルームD〉にばら撒《ま》くというのもアイデアとしては面白いが、死体発見のわずか数分前に生きた副学長が入室する姿が監視カメラに映っている。現場はあそこでしかあり得ない」

「なるほど……そういうことなら、現場特定も納得しましょう」

しぶしぶといった感じで、新島医師は言った。

「納得されても困るね。こっちは納得できないことばかりだ」

突然シャーロックは攻撃的に口火を切る。ギアが一つ上がったみたい。ここから反撃開始ってことかな？　何だかワクワクしてきた。

「まず、安藤医師。あなたが今ついた嘘にはどんな意味があるのかな？」

「嘘ですって？」

「あなたは今、『飛び降り自殺だと思っていたんだけど？』と言った。あたかも、それ以外の可能性を知らないとでも言うかのように。だが、あなたは残念ながら事件直後の現場を訪れ、巨大な足跡の血痕を目撃している」

「……なぜそのことを？」

「あなたが〈ルームD〉を訪れた時、そこには先客がいたからさ」

シャーロックはボクを指さした。

「彼女は安藤医師が〈ルームD〉を訪れるよりわずか一分前に現場に到着し、やはり血痕を発見して、足音がするために急いで身を隠したんだ」

「その通り！　はっはっは」

ボクは腕を組んでみんなの前に立ちはだかった。

「ボク、ワトスンこそが最強の隠し玉ってわけ！」

「……そんなにしゃしゃり出ろとは言っていない」

シャーロックがすぐに水を差す。ちぇっ。仕方なく後ろに下がった。

「思いもしない先客がいたものね……」

「しかし、あなたはその事実を隠そうとした。やましいところがあるとしか思えない」

「やましい……ふふふ、そうね。たしかにやましいわ。私には動機もある。私の妹は、この医科大の不正入試の犠牲者だし、何より、あの日の私は副学長を殺そうとこの部屋を訪れたんだもの」

「な……なんですって？」

一同騒然となった。そりゃそうだよ。まさかこんなに大胆に犯人が自白を始めようとは思わないじゃん。しかも犯人として美人すぎるし。やっぱりどこまでも推せる。

「テーブルの裏に隠れておいて副学長をおびき寄せて殺すって、素敵なアイデアだと思ったのよね」

優雅で安易な発想もサイコー。

「妹さんの復讐《ふくしゅう》ならもっと前に殺してもよかったのでは？」

「それだけじゃないのよ。あの男、私に次のポストを与えるからって言って身体を求めてきたくせに、結局はぜんぶ嘘。だから殺してやろうと思ったの」

ええ！　意外に大人な事情も絡んでる！　くそぉ、許せないぞ副学長！　もう一回殺されなさい！　ボクの内心の盛り上がりをよそに、横道刑事は戸惑いがちに懐から手錠を取り出した。

「た、逮捕……？　逮捕でいいのかな……」

口ではそう言ったもののおどおどしている。あまりの急転直下な事態にどうしたらいいのかわからなくなっているのよね。その気持ちはわかる。ボクだってこんな美人医師が突然自白を始めたらどうしたらいいのかわからなくて、こちらへお越しくださいとかヘンなことを言っちゃいそうだもん。

今この部屋で唯一冷静なのはシャーロックくらい。

シャーロックは彼女をまっすぐに見つめたまま言った。

「だが、結局は殺せなかった。そうだね？」

「え？」

思わず声が出ちゃったよ。もうほぼ決まりだと思ってたもんね。違うの？　違ったの？

「こ、殺した、と言っているぞ、彼女は！」と横道刑事。

「君の耳の中にはおしゃべりな蝙蝠《こうもり》でも住んでるんじゃないのか？　彼女はこう言ったんだ。殺すつもりだった、と。彼女は殺してなどいないよ」

「何だって……？」

「そ、そうなんですか？　安藤医師」

ボクは恐る恐る彼女に尋ねた。

「彼の言うとおりよ。殺したかったけど、先客がいたみたい。私がこの部屋へやってきた時は、すでに副学長は死んだ後だった」

あ、そうだよ。そうじゃん。ボクのバカ。彼女が部屋に入ったときはすでに死んでたじゃん。バカバカバカ。

「でも、ここへ呼びだしたのは、あなただった？」とシャーロック。

「ええ。そのとおりよ」

「そのことを他に知っている人間は？」

「さあ、どうかしら。私は誰にも言ってないけど。だってそうでしょ？　殺すつもりだったんだもの。でも、彼のほうは違ったみたい。もしかしたら、私に復讐されるのを恐れて、誰かに相談をしていたのかも」

「じゃあ、その人物こそが……」

横道刑事が前のめりになる。

「可能性はあるわね。副学長の相談相手は、主任の新島先生。新島先生なら何でもご存じかも知れません」

「言い逃れか、安藤君……みっともないな。君を見損なったよ」

新島医師はさっきよりも焦った様子で、眼鏡を頻繁に拭き始めている。もはや眼鏡は拭かれるためにだけ存在しているみたいだった。

「たしかに私こと新島は、学長や副学長の信頼が厚かった。次期ポストは私でほぼ決まり。だがね、私は本来は自由思想の持ち主でもある。医大の受験で女性の合格率が低い理由は明確だ。この国に女性差別があるからだ」

「そうね」と安藤医師が相槌《あいづち》を打つ。

「とりわけうちのような閉鎖的な医大では、君のようにたくましく、己の美貌《びぼう》すら出世の手段とすることをいとわない輩《やから》しか残っていけない。これでは困る！　ヨーロッパに大きく遅れをとっていることは間違いないんだ」

シャーロックは苛立《いらだ》った様子で「そこまで」と言った。ゲームの手綱を握るのは誰なのか、はっきりさせておかなければすぐに混沌《こんとん》に陥る。

「あなたがラディカルな医師だということはわかった。問題は、それでも副学長があなたを信頼したのは何故なのか、だが？」

「能ある鷹《たか》は爪を隠すってやつさ。二人の方針にケチをつけない。それが出世の近道だよ」

「なるほど。そして、時機をみて、二人を殺した？」

「馬鹿な！　私はそんなことはしていない！」

今の挑発はわざとだろう。本気で思っていたわけではないことは、シャーロックの口元の笑みを見ればわかる。

「だが、お二人から殺されるかも、という相談は受けていた？」

「……それは……」

すると、ふたたび安藤医師が口を挟んだ。

「知っていたはずよ。だからこそ〈会議室3〉にいたんでしょ？」

「……ああ、副学長に頼まれたんだ。もしも君が変な動きを見せたらすぐに電話を鳴らすから隣の部屋で待機していてくれってね」

「それで隣の〈会議室3〉で一人待機を？」

シャーロックの問いに、新島医師はちらりと視線をあらぬほうに走らせてから頷《うなず》いた。

が、その視線の行先すら、シャーロックは見逃さなかったようだ。

「おやおや、新島医師も嘘をついているご様子だ」

「何だと？」

「まず一つ目の嘘は、イヤホンをしていたという嘘。副学長にボディガードを頼まれていたのなら、イヤホンをしながら待つなんてことはするわけがない。つまり、あなたは〈ルームＤ〉の部屋の音をすべて聞いていたはずなんだ。二つの間にあるのは簡易な間仕切りでしかない。壁とも言えない壁だった。すべての音は丸聞こえだったはず。なのに、それを隠していた。なぜか？　あなたが殺したからか？」

「ち……違う！」

「だろうね。あなたはそんなタマじゃない。当てようか。あまり品はよろしくない。日も明るいうちにしたい話ではないが、あなたはイヤホンはしていなかったが、ちょっとした事情で隣の物音など聞こえない状況にあったわけだ。これが二つ目の嘘だ。つまりあなたは――一人ではなかった。そうだね？」

「……そうだ」

あっけなく新島医師は自分が一人でいたわけではないことを白状した。何だろうこの展開……。単に叩《たた》かれなかっただけで、ちょっと叩けば簡単に出る埃《ほこり》だってあるってことかな。

シャーロックが解説を続ける。

「恐らく〈会議室３〉で起こったのは、男女が同じ部屋にいるがために起こってしまう不条理なアクシデントだったことだろう」

新島医師は俯《うつむ》いて口を堅く閉じている。詳しくは語りたくない、という気持ちがありありと伝わる。そりゃそうだよね。あまりにもプライベートなことだもの。

そう思っていたら、突如ピッと手が挙がった。手を挙げているのは、井村里美看護師だった。

「じつは、新島先生が入ってこられるまで、私が一人で〈会議室3〉にいたんです。その、ちょっと着替えをしようと……」

「更衣室はべつにあるのに?」

みんなの目が看護師の井村さんに注がれた。

「もうこうなってしまったからには白状します」

じつに堂々とした女優魂で井村看護師はそう前置きすると、口元に官能的な笑みさえ浮かべながら宣言した。

「私、井村里美は、蔦野金吾学長の愛人なのです」

「何だって!」

驚いているのはまたしても横道刑事一人。ボクは驚きを押し殺しているから表面上は驚いているようには見えない。関係者一同は、まったくの無反応。ウディさんはまさに部外者だからだろうけど、ほかの人たちは、きっと知っていたんだろうな。公然の秘密ってやつ。

「私はその日、学長と逢瀬《おうせ》をすることになっていたんです。それで、前日にお医者さんごっこがしたいなんて言うものですから、その日は私、非番でしたので誰にも見られないように八階まで上がって、〈会議室３〉で着替えて、部屋を暗くして待っていたんです。そうしたら、ドアが開いて……てっきり学長だと思って飛びついたんです」

「すると、それは学長ではなく、新島医師だった、と」

シャーロックは珍しく苦味の強いブルーチーズでも食べた時のような顔で何度も頷いた。

「でもすでに遅すぎました。一度絡みついた身体はなかなか離れてくれないものでして……いえ、これは新島医師が悪いってわけではないんです。私も、気づきながらやめられなかったので……」

新島医師は頭を抱えた。医師としての威厳も何もかも丸つぶれの事態となってしまったせいかな。彼には耐えられないだろうなぁ。哀れ……。

新島医師は、横道刑事に懇願しはじめた。

「このことは絶対にマスコミには……」

「黙っていましょう。事件の本質とは関係がなさそうですし」

それでようやくホッとした顔になった。医師もいろいろたいへんだね。

「プライベートなことでお恥ずかしいことだろう。同情申し上げる。だが、もう少しだけお答えいただきたいね。犯行の時間、お二人は隣の部屋にいたのに、なぜすぐに物音で出てこなかったのかな？」

その質問はさすがに意地悪だよシャーロック、とボクは思ったけれど、まあもはやここは彼の独壇場。静観することにした。

「あの……情事に夢中で」

ほらね。顔真っ赤になってるよ、井村看護師。セクシー女子が純情に顔を赤らめるのってたまらないんだよね。ボクはこういうのが大好物だから、新たな推しができた気分になる。でもシャーロックは追及の手を緩めない。

「情事に夢中で？　世に凄《すさ》まじきは男女の仲。重ねて恥をかいてもらおう。事件当時に聴こえた獣のような咆哮《ほうこう》というのは……」

「咆哮だって？」

「……ここにいるワトスン君も聞いている」

「その通り！　このワトスンの耳は何一つ聞き逃さないのでーす！」

ボクはふたたび腰に手を当て、みんなの前に立ちはだかった。

「そこまでしゃしゃり出ろとは言っていない」

あ、また冷や水を……。でもいいもん。シャーロックの推理のためにボクの行動が不可欠なことはわかってるんだから。

「私も聞いたわ」と安藤医師。あれ……ボクの優位性をちょっとは考えてよ。

「その証言は、ほかのフロアにいた医療関係者にも確認がとれているよ。けっこう広範囲でみんな聞いていたらしい」

横道刑事がそう説明する。え、みんな聞いてたの？　すると、シャーロックが付け加えた。

「上野《うえの》公園にいた私にも聞こえた。窓が開いていたせいだろうね」

ボク一人の貴重な証言では全然なくなっちゃったな。まあいっか。みんなの注目が、新島医師と井村看護師に集まった。

「わ、私……その……」

井村看護師はもじもじと恥じらった。

「夢中になると、変な声が出てしまうんです……自分でもなんでそんな声が出ちゃうのかなぁって……」

もうシャーロック……ボクは未成年なんだよ。配慮してよ。こういう謎解きの時は、外に追い出すとかさぁ。

「やはり、人間というのは弛緩《しかん》したときに思ってもみない声を出す生き物のようだからな」

いや、そんなこと言ってる場合じゃなくて……バカ……。

「それじゃあ、〈化け犬〉の遠吠《とおぼ》えの正体は、隣室の喘《あえ》ぎ声だったたってことかね？」と横道刑事は落胆しきった様子だ。

ボクはがっくりと膝《ひざ》をついた。なんて事件なの。品性の欠片《かけら》もない。いや、そんなことははじめからわかっていたことか。何しろ、これは犬畜生の事件なのだから。

いやいやながら、ボクはワトスンとしての役割を思い出す。

「つまり、副学長は安藤医師から復讐《ふくしゅう》されることを恐れて、新島医師に相談し、何かあったら駆けつけてくれと頼んだ。頼まれた新島医師は、そのために隣室に待機していたものの、現場に居合わせた井村看護師と思わぬ情事に発展してしまい、それがもとで事件現場の物音はまったく聞こえず。そしてボクたちが聞いた咆哮は、井村看護師の声だった、と……こういうこと？」

「そのとおりだ、ワトスン君。いいまとめだ」

わーい褒められた。でへへ。

井村看護師と新島医師の二人は俯いてる。まったく、一生反省していなさい。これだから大人っていやだ。ボクは一生セックスはごめんだ。というか、男の人に触られること自体NG。ボクを性的対象として扱おうとする者すべてがたぶんダメなんだ。

人間なんだから、人間としてのつながりがあって、信頼があって、その先に何かがあるのでなかったら、ただの獣と変わらない。そうじゃない？　でもこんなこと誰にも尋ねることはできない。これから先だってこんな感情は自分一人でしか処理できないんだろうな。

「井村看護師、学長とその部屋で会うことになっていたのは、毎週の決まりきった予定だったのかな？」

シャーロックはさっきまでよりややトーンを落として柔らかな口調で尋ねた。

「いえ、違います。いつもは、学長が前日に連絡してくるんです。その日も、学長は前日に時間を指定してきました。でも、来なかったんです」

「なるほど。この日、学長が一度は〈ルームD〉まで来ていることはご存じかな？」

「え……！」

誰よりも井村看護師がぎょっとしている。そりゃそうだ。学長にあの声を聞かれたってことになるんだから。

「学長は、一度はここへ来たものの、血相を変えて飛び出していったのだとか」

「もしかして私の浮気がショックで……」

「違う。それなら、逃げ帰る必要はない。彼は自宅へと慌てて帰っていったんだ。なぜか？　それを調べるために、先ほど、我々は学長の自宅に行ってきた。夫人曰《いわ》く、学長は何か忘れ物を取りに来たようだったらしい。それも、仕事のものではなく、趣味のものを。そこで、愛人である井村看護師に尋ねよう。学長の趣味とは、ずばり何かわかるかな？」

「……私たち、あんまりそういう趣味の話をしたことはないんです。いっつもその……」

「肉体関係ばかりで、高尚な話はしてこなかったわけか。では私が故人の知られざる一面をお伝えすることにしよう。蔦野金吾という男は、あの日、コレクションの中にある生き物の様子を確かめに帰ったのだ。その生き物とは、現在警察が捜索中のあの上野世界珍獣園から逃げた巨大犬だ」

その言葉でざわざわとざわつき始める。

「本当かね、君！　どうしてあれが蔦野学長の家なんかに……」

相変わらず横道刑事はオーバーリアクションをしてくれるが、シャーロックのほうはもうすでにそれに反応すら示さなくなっていた。

「そうか、わかったぞ！　やっぱり一連の事件の犯人は〈化け犬〉なんだな！　珍獣園から金で巨大犬を買収した学長だったが、巨大犬は勝手に脱走して副学長を殺した。それで大焦りした学長は自宅に逃げ帰る。そして、翌々日には今度は自分が殺された、と」

重ねて興奮する横道刑事に、シャーロックは特大の溜息《ためいき》をついた。

「なぜそう都合よく考えたがるのかね？　私が気にしているのは、第一の事件と第二の事件に、あまりにも発生状況に似通った条件が多いということだ。このような人為的に整えられた環境で起こった事件には人間の手が介在していなくてはならない」

「つまり、君は〈化け犬〉の犯行ではないと言いたいのかね？」

「少なくとも〈化け犬〉は巨大犬ではない。実際にここへ脱走中の巨大犬を連れてきて取り調べができればよいのだが……あいにく今は海の上だろう。そうだろ？　横道刑事」

「うむ……」

「その理由までは横道刑事はご存じないようだが、私は知っている」

「え！」

今度は驚いたのはボクも同じだった。シャーロックは、事情を知っているなんてことは一言も言っていなかったからだ。

シャーロックは胸ポケットに小さく折り畳んであった新聞を広げると、みんなによく見えるように掲げてみせた。

「今朝の新聞だ。世界情勢が変わって、バスカ共和国と日本の関係が悪化した。このような状況では、かつての友好の徴《しるし》も取り消さざるを得ない、という見解を、子どもじみた二世政治家の外務大臣が早まって出している。さて、それと前後するようにして、蔦野学長のコレクションがある者によって運び去られた。恐らく、バスカ共和国に返還するためにね。暗躍したのは、外務大臣の秘書官か誰かだろう」

「なぜ蔦野学長のコレクションが？　というか、いったいそれはどんなコレクションなのかね？　バスカ共和国との友好の証《あかし》とは何かね？」

シャーロックは横道刑事の肩をぽんと叩《たた》く。落ち着けって意味だね、きっと。

「これについて理解するには、まず現政府と蔦野学長との蜜月《みつげつ》関係を説明しなければならない。たびたび取沙汰《とりざた》されてきた政治献金問題。そのたびに名前が挙がるのが、日本のある保守団体だ。そして、蔦野学長はそこの理事に名を連ねている。現政府としても、きわめて恩恵深い関係だ。こういった背景を念頭に置いたとき、蔦野学長の趣味が、人工の異種交配で誕生した生き物をさらに施術を加えて完全なる幻獣にして蒐集《しゅうしゅう》することだという事実は、何とも興味をそそられると思わないかね？」

「つまり、く……くりーちゃーを？」

「そう言うと幻想みが強いが、今の時代、人工交配はそこかしこで頻繁に行なわれている。今は奇妙な時代だ。現実的なことも、言葉にすればSFじみて聞こえてしまう。我々はSFの時代に生きていながら、まだその事実を簡単には鵜《う》呑《の》みにできないような現実を生きている。だから、巨大犬というだけで〈化け犬〉扱いになる。アメリカでは、すでにメソポタミアン・モロッサスという七千年前に絶滅した巨大種を復活させるために、選択的交配を行ない、アメリカン・モロッサスを誕生させているという話だ。ここで黙っていないのが、バスカ共和国さ。かの国は国旗に犬がいるくらい犬を自国のブランドと思っている国だ。当然、大きさでアメリカなんかに負けていられるか、とバスカン・モロッサスを完成させた。そして、その中の一匹を、日バ友好の徴として、日本にもたらした。政府はそれを国営である上野世界珍獣園に一度は寄贈した。ところが、それを知った蔦野学長はその犬を手に入れたくて仕方なくなる。何しろ、彼の趣味は幻獣蒐集だからね」

「じゃあ、金で解決したってこと？」

「そういうことだ。蔦野学長は大枚をはたいて巨大犬バスカン・モロッサスを己の手中に収めた。これ自体は、学長の長年の怨念《おんねん》だったかも知れない」

「怨念……？」

「そう、その怨念とは——江戸時代に遡《さかのぼ》る」

シャーロックはそこで徳川綱吉《とくがわつなよし》公の時代の記録をひもとき、蔦野家に〈化け犬〉が授けられる顚末《てんまつ》を丁寧に語った。ボクも初めて聞く話で、驚いた。まさかこの現代で起こっている事件の発端が江戸時代にあったなんて。

「とまあそういうわけで、蔦野家は、代々犬を憎んできたんだよ。こうした記録は、土地の記録を調べていくと出てくるものでね」

シャーロックが以前に郷土資料を当たると言っていたことを思い出す。あのとき、シャーロックは上野の郷土資料から蔦野家の歴史を調べていたのに違いない。

「蔦野学長は巨大な犬を地下牢《ちかろう》に閉じ込めることに対する執念のようなものがあったんじゃないだろうか」

「……綱吉公が贈った〈化け犬〉って何？　本当の〈化け犬〉なの？」

「それについては、これから解き明かしていく。ひとまず明らかにしておきたいのは、蔦野学長は、〈咆哮〉を聞いたとき、咄嗟《とっさ》に地下で飼育しているバスカン・モロッサスのことが脳裏をよぎったということだ。だから、彼は早急に帰った。そして、檻《おり》がからっぽになっているのを見つけた。政府関係者が、バスカ共和国に返還するために持ち去ろうとして、取り逃がしたとも知らずにね」

「取り逃がしたって……？」と横道刑事。

「そうさ。だからこそ第三の事件、マスティフ犬殺しが起こった。恐らくバスカン・モロッサスは二日間隠れながら放浪したものの空腹で気が立ってきたんだろう。それで主人の残り香を求めて蔦野医科大にやってきて事件を起こし、先ほど、どうにかこうにか居場所を特定した生き物係によって捕獲された」

「夫人は、なぜ黙って持ち去らせようとしたのかね？」横道刑事は尋ねる。

「彼女にしてみれば、浮気夫の持ち物だ。しかも、恐らく政府関係者は彼女に莫大《ばくだい》な口止め料を払っている。離婚を考え始めていた彼女にとっては悪い取引じゃなかったんだ。そうして、一度は自由を手にしたバスカン・モロッサスもとうとう捕まり、自国への帰路についたというわけだ」

「やっぱり〈化け犬〉は海じゃないか。では事件は藪《やぶ》の中かね？」

横道刑事の問いに、シャーロックはうんざりしたように眉間《みけん》に皺《しわ》を寄せて答えた。

「いいや。本物の〈化け犬〉は——」

そこでホームズは一同をにやりと笑って見回した。

彼の動体視力は極めて優れており、その鋭い神経は上空を舞う細かな塵芥《じんかい》さえ見逃しはしない。

　そして、ホームズは高らかに宣言したのだった。

「本物の〈化け犬〉は、この中にいる」


「〈化け犬〉がこの中にいるだって？　ど、どこかね？　どこにも犬なんて……」

　刑事はお決まりのようにあたふたした。この空間のルールを牛耳っているのが誰であるのかはもはや誰にでもわかる話。シャーロックはそのことを熟知していて、全体を泰然と見渡した。

「ワトスン君」

　もはやこの空間では、シャーロックの許可なくば、誰も瞬《まばた》き一つできそうにはなかった。

「何？」

「この事件は、『バスカヴィル家の犬』を思い起こさせるところがあったのも確かだ。そうだね？」

「その通りだよ。当主が不審な死に方をし、次期当主と目される者が狙われる事件。そして巨大な魔の犬の存在。かたや現学長と次期学長となるべき副学長が殺され、その周辺には巨大な犬の存在――。『バスカヴィル家』みたいに火を吹く犬じゃないけど、重なる部分はたしかに多いよ」

「あの事件の顚末が君は頭の片隅にこびりついていたようだね。だからこそ、君もまた彼らとはべつの意味で真実が見えなかった」

「べつの意味で？」

「君は本当に〈化け犬〉がいると考えるほど愚鈍ではなかった。だが、惜しい。本当にいないわけでもなかったんだ」

「……どういうこと？」

「この事件は、やはり〈化け犬〉が起こした、と言えば、皆さんはこう思うであろう。それはあまりに非現実的だ、と。では、珍獣園から逃げたバスカン・モロッサスが殺したのなら現実的なのか？　私はそうは思わない。この事件は、はじめから、〈化け犬〉の事件であることが、明確に示されていたのだから」

医大関係者も皆ざわざわとなる。

「恐らくここにいるウディさん以外の誰もが、〈化け犬〉という単語をこの大学で聞いたことがあるはず」

「それは……あるわ」

言い切ったのは、安藤医師だった。

「この医科大学での蔦野学長の有名な演説の一節によるものよ」

「やめておけよ。いまや故人の恥を晒《さら》すようなものだ」

新島医師が止めにかかる。

「あら、それの何が問題なの？」

「続けてくれたまえ」

シャーロックの言葉に促されて、安藤医師は続けた。

「『医師は神でなければならない。患者の犬になったら、後は〈化け犬〉にでもなって成仏できなくなる』」

「どういう意味かな？」

「医師は患者に対して絶対優位の姿勢を保てってことよ。あの人は権威主義の塊だったし、権威主義こそが人の命を救うのだと本気で信じていたわ。だから、医師をサービス業の一つのように扱う患者を絶対に許さなかった。もしそんな患者にこびへつらったら、その時は〈化け犬〉にでもなって成仏できなくなる。蔦野学長は私たち医師や医学生たちにそれを医師の心得として教えていたの」

「間違った教えだ」と新島医師。苦悶《くもん》に満ちた顔で言っているけど、なんだかあなたが言うとあんまり真剣に聞けなくなっちゃうんだよね、なんてことは黙っておくことにした。

「なるほど。それで、〈化け犬〉という概念は、この医大全体に理念として広がっていたわけだ。安藤医師、だからあなたは副学長の死を見て呟《つぶや》いたわけだね？　〈化け犬〉の呪いだ、と」

「ええ。最終的に私の妹は医学部入学を認められた後、患者を大切にする医師になろうとして、蔦野学長たちから激しい嫌がらせを受けて自殺したもの」

「だからその呪いだと言ったわけだ。徳川綱吉公の臨終に診察に訪れて、薄情にも匙《さじ》を投げたとき、綱吉公は〈化け犬〉を褒美と称して渡したが、嫌味ととった蔦野家では、即座にその褒美を蔵に閉じ込めてしまった。それ以来の代々伝わる選民思想だろうね」

「綱吉公はなぜ〈化け犬〉を？」

「これは想像だが、恐らく医師だからと慢心するな、医師とて一歩間違えば犬と同じ、という訓戒だったんじゃないかな」

「一歩間違えば犬と同じ……」

シャーロックはそれからふむふむと我が意を得たりといった様子で頷《うなず》きながら室内を歩き回りだす。

「その歴史が一体どうしたっていうの？　わかるように話してよ」

さっきから何かつながりそうなのはわかるんだ。でも、どうつながるのかがピンとこなくてもやもやしていて気持ちが悪い。

「まあそう焦るなよ」

それからシャーロックは井村看護師の前に立った。

「井村看護師。学長の趣味は知らなくても、この〈化け犬〉の由来はどうやらご存じだったようだね？」

「……はい」

「では、あなたは知っているわけだ。この中に、その〈化け犬〉がいることを」

「この中に……綱吉公の寄越した〈化け犬〉が？　え、ええ？　嘘でしょ？　マジで言ってるの？　ちょっと待ってよ、ボク、心臓の準備がぜんぜんできてないんだけど……」

化けて出る犬は、人の目に見えるのだろうか？

まさか——。

これは、本当に鬼太郎《きたろう》的案件なんじゃ……。

新島医師なんかこわい話が嫌いなのか頭を押さえてパニックを起こしかけている。

いや、そんなこと言ってるボクがいちばんたぶんパニックなんだけど。ボクが蜘蛛《くも》なら今ごろ壁を這《は》ってるかもね。

「はい、この中に、たしかに」

井村看護師は力強く頷いた。

「では、指さしてくれ」

促されて、井村看護師はまっすぐにそれを——指さした。

「え……？」

何、どういうこと？

彼女が指さしているのは、テーブルだった。


「これが、〈化け犬〉だって？」

素っ頓狂《とんきょう》な声を上げているのは、恐怖が臨界点にまで達しかけていた新島医師だった。

「ええ、学長はそう言っていました。そして……忌々《いまいま》しいからふだんは見なくて済むようにここに置いておくのだ、と」

これが——〈化け犬〉？

「つまり、家宝でありながら、ぞんざいな扱いを受けていたわけだ。このテーブルは、医師に謙虚な姿勢を強いる悪しきものであり、学長にとっては目障りでしかなかった。だからこそ、ここへ閉じ込められていた」

ボクは改めて黒檀《こくたん》のテーブルに注目した。うん、たしかに大きくて重量感のあるテーブルではある。脚も太くて立派だし……。

だけど——。

「でも、このテーブルのどのへんが〈化け犬〉なの？　見た感じ、ふつうのテーブルに見えるんだけど」

脚の形状が前後でたしょう違うにせよ、どこかに犬の絵が描いてあるわけではない。

「ウディさん」

ホームズは考え事をして床の一点を見つめたままウディさんに呼びかけた。

「中村《なかむら》です」

「第二の学長の事件でも君が発見者となったね。あの日、死体を発見するまでの流れを教えてくれ」

「そうですね……やはり壁にテーブルをもたれさせて、トイレへモップを濡《ぬ》らしに行きました。そして、戻ってくると学長が倒れていたのです」

「つまり、ここでも、副学長の死のときと同じくテーブルを立てかけたことが事件に密接に絡んできている。この〈化け犬〉が。見たまえ」

ホームズはにやりと笑うと、突然テーブルの縁をもって、ふうっと息を吸い込み、一気にテーブルを持ち上げ、壁に立てかけた。

「脚の裏の形状にご注目」

ボクは彼が何に注目しているのかすぐにわかった。

「犬の足跡……」

テーブルの脚の裏側は、まさにあの巨大犬の足跡のそれになっているではないか……。これは一体どういうことなのだろう？

「そういうことだ。あの足跡は、犬じゃなくてテーブルの脚跡だったのだ。このテーブルは、犬を模して造られている。製造元は恐らく当時貿易の許されていたオランダだろう。犬公方《いぬくぼう》らしい趣向ではないか。まさに犬がテーブルに化けた〈化け犬〉だ。そして、ただでさえ当時テーブルというものを見慣れていないであろう蔦野諒庵は、それを奇怪な呪いの品と思い込んだ」

するとウディさんが頷いた。

「私も変わったテーブルだなって思ったもんですからね、以前お医者様に聞いたことがあるんです。それこそ安藤先生に」

「安藤医師が由来を知っていた？」

みんなの目が安藤医師に集まった。でも彼女は堂々たる態度で、微笑すら浮かべていた。

「……それくらい調べて当然よ。ここに勤めているんだから。だって、どんな会社員だって社史には詳しくなるものじゃない？」

少し言い訳めいて聞こえたのは気のせい？　まあ、ボク以外誰もツッコミ入れないみたいだし、よしとしよう。推しだもんね。

「それで、ウディさん、安藤医師はあなたにどう言ったのかな？」

「安藤先生が言うには、このテーブルは医者の権威を表しているんだそうですよ。まあそれはさっきそちらの方がお話しになられていたとおりです。これはダジャレなんだそうです。Dog と Doc。ね？」

しばしホームズは無言のままだった。でも、やがてゆっくりと噛《か》んで飲み込むように言った。

「そういうことさ」

「『そういうこと』って……？」

「つまり、安藤医師の、幻の犯行手口だね」

「幻の犯行手口？」

「安藤医師がなぜこの部屋に副学長や学長を招いて殺そうとしていたのか。〈化け犬〉に殺させるためだったんだよ。まず、第一の事件。副学長が室内に入ったとき、テーブルはどうなっていた？」

「上がっていた……？」

「そうだ。そのテーブルが、何らかの弾みで、副学長に襲い掛かった」

「テーブルが、襲い掛かる……？」

ボクは黒檀のテーブルを見つめた。

これが、〈化け犬〉。

そして副学長を殺した？

いやいやいや、いくら何でも、このテーブルが意思をもって医師に降りかかるなんてそんなダジャレみたいなことが起こるわけないよね。

つまり——。

「わかったぞ！　この横道刑事にお任せあれ。つまりこうだ。その立てかけたテーブルの裏に安藤医師が隠れていたんだな！」

横道刑事はさも犯人を決めてかかるように言った。でも、それもあっさりシャーロックに否定されてしまった。

「当初はそのつもりだったろうが、それはできなかった。安藤医師の到着はワトスンよりも後だったんだよ」

「そうか、そうだった……ではやはり新島医師が！」

「彼はさっきも言ったとおり、隣室にいて情事に耽《ふけ》っていた」

「その前に殺せたかもしれないぞ？」

「時間はあったかも知れないが、もしも僕が犯人なら隣室に逃げ込んで情事などに耽ったりはしない。あまりに危険すぎるからだ」

「た……たしかに……」

たしかに、今の考えでいくなら、新島医師にも安藤医師にも犯行は不可能ということになる。もちろん、井村看護師にも無理。

「じゃあ、学長が……」

「学長が入ったのは死亡時刻直後。すでにその時は副学長は庭園で発見されている」

「……なんて秒刻みな展開……」

「それに、みんな忘れているが、廊下には監視カメラがあり、〈ルームＤ〉に現れた人間の様子を映している。時刻は誤魔化すことができない」

「そっか……そうだった」

防犯カメラには、井村看護師の姿が〈ルームＤ〉へ入る姿は映っていないのだ。この部屋に出入りしたのは、副学長、ウディさん、安藤医師、学長そしてこのボクの五人だけ。

そして、この五人のどれも犯人ではあり得ない。

「どういうこと？　犯人はいない……ってこと？」

「だからさっきから言っている。〈化け犬〉が殺した、と」

いやいや、待ってくれ。ボクは内心でかぶりを振る。

「ただ、自動的に倒れたってこと？」

「〈化け犬〉の意思で、倒れた」

「……そんな呪術《じゅじゅつ》的な結論のわけが……」

「だが、事実それは起こったんだよ」

「おかしいよ。〈化け犬〉の意思でテーブルが倒れるなんて、そんなことあるわけがない」

間違っていると言ってくれ。ボクは願った。こんなのはシャーロック・ホームズの推理として間違っている。呪術的なアニミズム的な力によって、テーブルに〈化け犬〉の精霊が乗り移り、その意思をもって、副学長を殺しただなんて……。

「そうですよ。倒れないようにうまく立てかけておいたんですから」

清掃員のウディさんも強く頷《うなず》く。

だが、ホームズは何も語らずにただ、にやりと笑っている。

まるで——すべての駒が、自分の手中に収まっているかのように。

「いつもとは違うことが、一つだけあった。通常なら、倒れないはずのテーブルが、倒れざるを得ないようなことが。たとえば、隣室からの激しい衝突。これは、どのように考えたらいいだろう？」

隣室では、あの時、新島医師と井村看護師が逢瀬《おうせ》を果たしていた。語感よく、かつ詩的に表現するならば、二人は王と王妃の如く旺盛《おうせい》に逢瀬を果たしていた。

「ここに未成年がいるから、私がオブラートに包んだ表現で、上品かつ端的に伝えよう。つまり、二人のいささか科学的なピストン運動によって、壁には激しい衝撃がもたらされた。その衝撃は、隣室の壁に立てかけられたテーブルに当然伝わる」

「しゃ、シャーロック、どこがオブラートなの……？」

オホン、と横道刑事が咳払《せきばら》いをする。

「実演してみよう。井村看護師、恥を忍んで再現をお願いできるかね？」

「ほ、本気で仰《おっしゃ》ってるんですか？　破廉恥な……！」

「音響と振動が再現ができればそれでいい。安藤医師、隣室で井村看護師の身体を壁にくっつけた状態で、脇腹を存分にくすぐってくれたまえ」

「え……く、くすぐるの？　私が？」

安藤医師は当惑している。

「再現のための代替行為だ。やってくれるかね？」

「それが必要ならば」

下手《したて》に出られたことで、井村看護師は急速に大人しくなった。

「いやそんなことしなくても……」

とボクが言いかけた時には、すでに安藤医師は井村看護師を引き連れて部屋から出て行ってしまっていたんだ。そして十秒後……。

「ひぃぎゃあああをおおお！　をおおおおおお！」

あの獣のごとき声が聞こえる。

ああ、これは、あの時の……。

そうして、ドスン、ドスンという揺れ。

次に、テーブルが——。

ボクの上から降ってきた。

あの巨大な脚が、近づいてくる。

「危ない！」

シャーロックがボクを抱きかかえて横に飛び、すんでのところで脚をかわして倒れた。

「〈化け犬〉が、降ってきた……」

完全に腰を抜かしているのは、新島医師だった。

「俺は、犬が……ダメなんだ……」

やがて、隣室から安藤医師と井村看護師が戻ってくる。くすぐられすぎたせいか、井村看護師はややげっそりとしていた。

シャーロックはボクから身体を離して立ち上がった。あの、ボクは今何となくドキドキしてたんですけど、ロマンス終了系ですか。

「〈化け犬〉の声の正体も、足跡の正体もこれで判明した」

満足げにシャーロックは言う。

「でも、答案用紙はこのテーブルの下にあったわけじゃないよ？」

「それは物理的に解決可能だ。まず、このテスト用紙の箱はそれまでどこに載っていたのか？」

「あ、それは私がどかしました。テーブルの上に載っていたので」

さも当然といった様子で、ウディさんが答えた。

「どこにどかしたのかな？」

「ええと、だいたいこのへん……でしたかな」

北側の窓際より少し手前のあたりを示す。通常なら掃除に問題ない場所。ただし、テーブルが下りてきたら、まずい場所だ。

「あとで動かそうと思ってとりあえず置いておいたんです」

「角度的には、まっすぐに弧を描いて落ちれば、本来ならこの段ボール箱はよけることができる。だが、振動によって落下したため、テーブルの軌道がわずか数センチずれた。それで、段ボール箱に引っかかったのだ。そして、段ボール箱に四つの脚のうちの一つがどかっと載っかる。しかし、段ボール箱の隅のほうにわずかに載っただけだったため、段ボール箱のほうがバランスを崩し、中身が全部出てしまう」

「つまり、足跡のついたテスト用紙がテーブルの真下になかったのは、足跡がついてから段ボール箱がバランスを崩し、中身が全部ばら撒《ま》かれたからなのね？」

安藤医師が感心したように深く頷いた。

「ボクの答案用紙が選ばれたのはなぜ？」

「今年の受験者数は、二二〇〇人だった。段ボール箱十箱にこれを分けると、一箱は何人入ることになるかな？」

「220……そうか、受験番号221番のボクの答案用紙が二箱目のいちばん上にあったのか」

「そういうことだ。残りの三枚は、そのすぐ下にあったから、同じ足跡が写ってしまったんだ」

「窓から副学長が転落したのは……」

「テーブルの脚に頭部を直撃された時に窓際まで吹っ飛ばされ、開いていた窓からバランスを崩して落ちたのだろう」

「二つ目の学長の事件はどうなるの？」

「二つ目も簡単だ。一つ目の事件を受けて、〈化け犬〉の噂から、学長は自分が政府の許しを得て珍獣園から高額で買い取ったあのバスカン・モロッサスが事件を起こしているとすっかり思い込んでしまった。それゆえに、犬の件で話がある、と安藤医師に呼び出された時、やはり彼はバスカン・モロッサスの件で弱味を握られたのだと思っていたはず」

「まさか……そんなことを彼が思っていたなんて……」

安藤医師は両手で口を覆った。

「だからあの日、〈ルームD〉を訪れた学長は大人しくじっと待っていた。ただし、丸腰ではない。ボディガードを頼んでいた。自分がもっとも信頼を置いている人物――またしても、新島医師をね」

「……私は今度こそ、お守りします、と固く誓い、隣室で張っていた。ところが……」

その時、井村看護師が新島医師の告白に割って入った。

「学長がいけないんです。あの日は、私と逢《あ》う日だったのに、土壇場でキャンセルするんですもの。収まりがつかないわ」

シャーロックはなだめるように頷き、後を引き取った。

「つまり、その日も井村看護師は学長と約束していたために、時間どおりに〈会議室3〉へ行き、奇遇にもふたたび新島医師と遭遇してしまった、と」

「たまたま新島先生がいたから、こっちは運命的な再会だと思って喜んだんです。それなのに、先生はあれは過ちだったと逃げようとしたんです。私、それが悔しくて悔しくて。逃げたらセクハラされたと訴えますって脅したんです」

井村看護師は悪びれることなく胸を張って告白した。もう新島医師はその告白で完全にオブザデッド状態に突入してしまった。

「これで、ふたたびからくりが整った。〈ルームD〉の隣の壁から奇声と横揺れが〈化け犬〉を刺激して、入室した学長に襲い掛かる」

「ひどいわ。あの人がいつも聴いていたはずの私の声なのに、気づかないなんて！」

井村看護師の怒りの矛先は意外なほうに向けられていた。大人っていろいろたいへんなのね、と思うしかない。

「学長の頭の中には、〈化け犬〉のことしかなかった。そこへ持ってきて、テーブルが降ってくる。しかも、テーブルの脚が犬の足の形状をしていることに、そのとき初めて気がついたのだろうね。驚愕《きょうがく》でおののいた学長は、ダイイングメッセージとして、〈いぬにふまれた〉と言い残した。学長も副学長も、権力にしがみつき、排他的精神の女性蔑視《べっし》主義者だったが、最後に、〈犬〉の裁きを受けたわけだ。そもそもこの部屋にDのイニシャルがつけられているのは、〈犬〉の在処を示すためだったろう。考えてみれば、DOGとGODというのは、まさに逆さ言葉だ。神になろうとした医師は、最後には、逆さになった犬に踏まれたわけだ。逆さの犬はDOGなのか、GODなのか、どっちだろうね」

シャーロックの優雅な冷笑に、ボクは言葉を添えた。

「あるいは、デッド・オブ・ゴッド（D・O・G）だったのかもね」

シャーロックが拍手をした。

「素晴らしいよ、ワトスン君。今日いちばんの出来だ」

「テヘペロ」

どうにか、助手の面目は保たれた――のかな？

エピローグ　シャーロックは忘れない

記憶というのは唐突なもの。降ったかと思えばやむ雨のように、あるときとつぜん、ボクの脳みそにその記憶は舞い戻ってくる。

スウェーデンの海から消えたタラの群れが、アリゾナの空から降り注いでくるような、そんな偶然を装いながら、記憶は去来して、そしてしっかりとした足跡を今度こそ残したんだ。

やっぱりそうか。

ボクは一人でうなずく。

やっぱりそうなんだ。

「それにしてもお嬢様、本当によかったですね」

叢雨《むらさめ》がボクの前に珈琲《コーヒー》を運びながら言った。

「ん？　何が？」

「何がって……ご入学できることについてです」

「ああ、まあね。だって合格してるんだから当たり前じゃん」

「かわいくないですねぇ。もう少しお喜びになったらいいのに」

叢雨はぶつくさと言いながら、宴《うたげ》の支度を調えている。

「七面鳥の肉は全部で二十五羽分ご用意します。サラダは風呂桶《ふろおけ》一杯分。それから、マッシュポテトは……あの、お嬢様、聞いてますか？」

「聞いてるよ、うるさいなあ。壊れかけの冷蔵庫みたい」

あの数日後、蔦野《つたの》医科大学はボクに詫《わ》び状を送ってきた。答案用紙の血の染みは警察による最新科学の力で見事に除去され、新島《にいじま》医師による再度の採点結果、見事ボクは合格していることが判明したんだ。これでボクも晴れて医学部生となることができる。

ボクだけじゃない。あの足跡がつけられた他の三名も無事に合格した。佐野真凜《さのまりん》はボクが電話すると号泣しながら喜んでくれた。その泣き声がかわいかったからついでに合格パーティーにも誘っておいたんだ。着まわしコーデと心の推しは多いほうがいいってのがボクの格言だから。

まあ今回の一件は本当に災難だったけど、この世にはさまざまな差別があることを学んだだけでも貴重な経験だったと思うことにしておこうかな。

「ちょっと出かけてくるるるるー」

「何ですか、その語尾は……困りますよ。これからお嬢様にはパーティー招待客のリストアップをお願いしなければならないのですから」

「いいから任せるるるー」

「そうは参りません。誰の祝賀会だと思ってるんです？」

「叢雨に任せるるるー」

ボクはそのまままるるるる言いながら外に出た。この屋敷はどうにも息が詰まっていけないよ。

向かう先は、アンダーグラウンド・B街。

自称ホームレスの名探偵は、今日も暖炉に火をくべ、身体を温めながら文献に目を通したり、奇妙奇天烈《きてれつ》な実験を繰り返したりしている。

今日のボクは、彼に話すことがあるんだ。

やっとわかったことがあるんだから。

「その元気のいい足音は鬼門だな。二人ほど厄介者をおびき寄せてしまったようだ。少しは始末に追われる身にもなってくれ」

シャーロックは揺り椅子に腰かけたまま、振り向きもせずにそんなことを言う。

「え、尾行はされなかったはずだけど？」

「君のつもりはいつも甘い」

突然シャーロックはボクにめがけてナイフを投げた。正確には、ボクのほうではなく、ボクのいる方角に向けて。

そのナイフはボクを通り越して、背後にいた人物に突き刺さった。

「うぐ……」

ナイフは男の肩に深く刺さっている。

「わわ……だ、誰？　これ」

思わず上ずった声を上げてしまう。肩にナイフの刺さった男を、もう一人の男が支えている。二人とも、奇妙なバッジをつけていた。秘密結社のメンバーか何かだろうか。

「誰に言われて来た？」

「クッ……逃げろ」

二人の男は去っていく。

「ボスによろしく伝えろ。シャーロックは無敵だ、と」

もちろん二人はその言葉に答えたりはしない。

「……大丈夫なの？　ヤバい組織？」

「さあね。だが、このアンダーグラウンドもそろそろ撤収する潮時かな。いろんな人間が気づき始めているようだ。そう言えば、先日、蔦野医科大学から安藤愛璃《あんどうあいり》医師は旅立った。現在はマレーシアだそうだ。学長と副学長を殺さずに済んだ幸運に感謝します、だとさ」

きっと彼女の髪は、東南アジアの風に吹かれて美しく煌《きらめ》いていることだろう。

「彼女にとってもたいへんな数日間だったね。壮絶な決意を秘めていたんだもの。でも結果的に人殺しにならなくて本当によかった」

「君は信じたのか、彼女の法螺話《ほら》を」

「法螺だって？」

「あんなのただの冗談だろ。彼女は学長も副学長も殺すつもりなんかなかった。そもそも彼女に妹なんかいない。安藤という姓が偽物なんだ。たぶん安藤という医師の死亡記事を知って姉だと偽り、妹への仕打ちをバラされたくなければ医師として雇えと脅したんだろうね。私の調査で医大の学歴は偽物だったことが判明している」

「ええ？　そうなの？　なぜそこまでして蔦野医科大学に？」

「どうしてもほしいものが、蔦野医科大学にあったからさ」

「どうしてもほしいもの……？」

「〈化け犬〉だよ。あれはオークションでかなり高値で売れる。最初から彼女は〈化け犬〉の在処《ありか》を探していたんだ。そして、〈ルームＤ〉にあるテーブルがそれだと気づいてからは、譲ってもらうために、学長、副学長の強請《ゆす》りのネタを探していたのさ。テーブルの裏に隠れて殺そうとしていたなんて真っ赤なウソだ。強請るために呼び出したと気づかれないための大見得ってとこだろうね。最初は副学長を強請ってテーブルを運ばせようとしたが、死んでしまった。それで今度は違法なペット飼育をネタに学長を直接強請ってテーブルをもらうことを思いついたんじゃないかな」

「すごい女傑だね。まるで……」

「まるで？」

本当はあの女傑の名を出そうとした。でもやめておいた。まるでアイリーン・アドラーだなんて、そんな風に何でもボクの見たいように世界を見るのはどうなんだろうって思っている。

これは本当に、ここ数日での最も大きな変化かも知れない。ボクはこれまで濃いフィルターを通してだけ世界を感知してきた。そうしないと、歩けない気がしていた。何しろ、ボクの左足は義足だし、右手は手首から先がステンレス製の義手になっている。だから左利きなんだ。一応、可動式だし、抗菌加工もされているけど、それでも外気に触れたり汚いものに触れたら手入れをせねばならず、いくらステンレスとは言っても水を使えば少しずつ劣化する。だから、ボクはなるべく外に出ないようにして生きてきたし、ちょっと外出するだけで叢雨は超心配するんだ。

十年前のあの日、ボクは――。

「シャーロック」ボクはソファに腰を下ろして、切り出す。「ボク、昔、君に会った気がする。ボクは君の奥さんに……」

思いだしたんだ、ボクは。

けれど、ボクの言葉をホームズは遮った。

「忘れろ。君はワトスンだろ？　私はシャーロック・ホームレスだ」

「でも、そんなの現実じゃない。現実はパスティーシュみたいにはいかないんだ」

「無論だよ。これはパスティーシュでも何でもない。現実だ。だが、この世界で君がワトスンであって、何が困るっていうんだ？」

「………」

　本当は聞きたいことがたくさんあった。あの時シャーロックの奥さんはどうしてボクの前に飛び出したの？　あんなことしなければ、ボクはこんな中途半端な体で生き残らずに、粉々の木っ端みじんになって宇宙の塵《ちり》になってしまえたのに。

　そして、君の奥さんは君と今も幸せに暮らしていて、今も……今も……。あの美しい横顔を覚えてる。直前までボクに微笑んでくれていたあの横顔を。

　全部で三発の６００ＮＥ弾は、幸福のすべてを奪ってしまった。

　ボクの幸福も、シャーロックの幸福も。

「痛みに意味はないんだ。痛みは何も奪わない。二十一世紀のトリップを愉《たの》しもう。一服したら、ゴミ漁《あさ》りに行くぞ。時には、ゴミの中から美しいものが見つかることを君に教えてやろう」

「うん……」

　彼のパイプから流れる煙を見ながら、ボクは思いだす。

あの、十年前の出来事を。

レストランへ行くけど、ついてくるかい？

あの日、父はボクにそう言った。退屈しきっていたボクは行くと主張した。父は、じゃあお利口にしていてくれ。なぜなら私は商談で行くんだからね、と言った。

だからボクはあの日、すごくお利口にしていた。商談の相手は、若き富豪で、彼は妻を伴っていた。

ボクをひと目見ると、彼はにこやかに笑って頭を撫《な》でた。

――この子は頭がよさそうですね。将来は名探偵かも知れないな。

ボクは褒められてとても誇らしい気持ちになった。

ところが、そこに銃をもった男が現れた。

男の狙いは、ボクだったんだ。

拳銃《けんじゅう》がまっすぐボクの目に向いているのがわかった。あとで新聞で知ったけど、そいつはパイファー・ツェリスカという、銃身の長いほっそりとした拳銃だった。

生まれて初めてみる本物の銃。

――メメント・モリアーティ。

そして、銃声。

シャーロックの妻は、とっさにボクを守ろうとして動いた。

かわいらしい奥様だった。

彼女は必死にボクを守ろうとしたんだ。

そして——脳みそを砕かれた。

立ち上がろうとしたけれど、その光景がフラッシュバックして、ボクはもう一度ソファに沈み込んだ。

「忘れろ」

自分に言い聞かせるように、シャーロックはもう一度言った。

「うん」

忘れるよ。努力してみる。でも、たぶん忘れられない。シャーロックもそうなんでしょ？　ずっと、今でも奥さんのことを覚えてる。

そして、ボクらは出会ってしまった。

「ボク、ずっとシャーロックのそばにいるよ」

ボクはよろよろと立ち上がると、揺り椅子に座っているシャーロックの膝《ひざ》の上に乗っかってみた。暖炉で温まっているシャーロックの身体はぽかぽかしていた。

「迷惑だ。さあ、そろそろゴミ漁りの時間だ」

「ええぇ、もうちょっとこうしてたいよ。ツンツン」

「だから鼻を突くなと言っている」

「シャーロックの鼻が高いのがいけないんだよ。鼻が滑り台で、滑り台が鼻で……むにゃむにゃ……」

あれ、おかしいな。何だか、すごく眠くなってきたぞ。シャーロックがガウンをかけてくれた感触とともに、ボクは目を閉じた。

エピローグのエピローグ

私はまだ岩藤《いわとう》すずに話していない。

十年前の真相について。

これから先も、話すつもりはない。

十代の頃、素行不良が行き過ぎた私は、そのまま悪の道に進んでしまったのだ。子どもの頃の貧乏が呪詛《じゅそ》のように身体に沁《し》みついたものか、金のくだらなさを世に知らしめてやりたくて仕方なかった。

世の中は実際金だった。金さえあれば、何でも思い通りになる。戦争も平和も、すべては金次第。私は時には大正義を、時には大悪党を気取りながら、すべての財をわが手に、と考えていた。小さな掏摸《すり》集団をネズミ算式に増やしていきながら、強盗、放火、殺人と大きなイベントでさらに収益を増やした。はじめに手本を示せば、あとは自分で動く必要はなかった。私はただ、指を一つ軽く動かすだけで政治の世界さえも容易に動かせる存在になっていった。

そんな私が唯一愛した女性がいた。エリカだ。

彼女との出会いが、私の精神のバランスを崩したともいえるだろう。その美貌《びぼう》を輝かせるのは、内なる善の魂だった。エリカは私に似て残忍非道な性格だったが、唯一の違いがあった。それは、彼女には母性があったということだ。

あの日、我々の計画では、岩藤総合病院の院長である岩藤礼次郎《れいじろう》の前に、大手医療機器メーカーのふりをして現れ、うまい商談を取り付け、長期契約の前金として大金を手に入れた後で抹殺する予定だった。

あの子が父親について来さえしなければ、もっと違った結末が待っていたはず。速やかに私の雇った殺し屋が岩藤礼次郎を殺し、私と妻はその店から逃げ出せばよかった。

だが、そうはいかなくなった。礼次郎は娘を連れてきていた。しかも、その娘は、私に懐き、オセロをやろうとせがんできた。問題はその直後に起こった。

——ねえ父上、席を替わってよ。もっとこの人とお話ししたいわ。

——しょうがないなあ。まあ、商談は済んだことだし、いいことにしよう。

ダメだ。止めなくては、と思った。なぜなら、殺し屋は、誰を殺せばいいのか詳細を知っているわけではない。ただ、殺すべき人間を座席で教えておいただけなのだ。

——しかし、もう少しだけ詰めたい話が……。

——まあそれは後でいいではないですか。さあ、今は楽しくやろうじゃありませんか。

気前よく言うと、礼次郎は酒の追加を頼んだ。エリカの目が泳いでいるのがわかった。

私は彼女より冷静に、諦《あきら》めの念を抱いていた。娘が死ねば、礼次郎は取り乱す。その時に礼次郎を刺殺して逃げればいい。

だが、私は気づくべきだった。

あの時、私とエリカとでは考えが違っていたことに。

エリカは、その娘を守らなくては、と考えていたのだ。そして、自分の役割も忘れて、彼女の前に飛び出した。そうすればどうなるか、当然知っていたのに。

――メメント・モリアーティ。

あれは、私が考えた決め台詞《ぜりふ》。誰かの命を奪うとき、必ず部下に言わせることにしていた台詞だ。

私はもともと、コナン・ドイルが創造したシャーロック・ホームズの最大の敵、モリアーティに憧《あこが》れ、悪に手を染めた。犯罪界のナポレオンを目指し、日々さまざまな強盗を繰り返し、いろいろな場所に部下を配置させたのも、モリアーティに憧れればこそなのだ。

メメント・モリアーティ。それは、私が闇の世界に君臨するようになってから、己の犯罪の徴《しるし》として使わせてきた合言葉だった。まさかその台詞が、我が妻の死体に注がれる日がこようとは……。

あの後、私は「モリアーティ」を引退することにした。すべてを、部下の叢雨《むらさめ》に託して。

だが、叢雨は組織を犯罪組織から自治組織へとひそかに変えたようだ。

最近、あの時の殺し屋と路上生活者の世界で再会することになったのも、考えてみれば奇妙な縁だ。彼もあの一件でだいぶ思い悩んで生きてきたようだ。

あの日、岩藤すずも無傷では済まなかった。左目と右手と左足を失うことになり、そのショックで父親は口がきけない状態になってしまった。岩藤病院はもちろん廃業寸前。そんななか、私の財産管理を任された叢雨は、こう言ったのだった。

——私は岩藤家の執事になります。そして、あのすずとかいう娘を支えようと思っています。それがエリカ様のいちばんの供養になるはずですから。

叢雨は、ずっと私の妻を愛していた。だから、そうすることが彼の精神を癒《いや》すことにもなったのだろう。

そして、私も結局は、岩藤すずが心配で仕方なく、蔦野《つたの》医科大学の不正入試問題を事前にあれこれ調べるべく、ホームレス〈シックス〉として医科大周辺を調べていたところが、今回の事件発生であった。まったく、とんだことになったものだ。

電話がかかってきた。

叢雨からだった。

「もう二度とここへは連絡するなと言ったはずだが？」

「お嬢様のお帰りが遅いので心配したまでです」

「すっかり執事気取りだな」

「モリア……いえ、思惟屋《しいや》様こそ」

「その苗字《みょうじ》、どこで考えついたんだ？」

「教授が、路上生活で6と名付けられていると知りましてね」

「私は己の愚かさに辟易《へきえき》して〈ろくでなし〉として生きることを望んだのに、奴らは皮肉にもシックスと名付けた」

「それにお嬢様はあなたのことを、シャーロックと。それなら、いっそ寄せた名前にして差し上げようと思いましてね。だから思惟屋です。思惟屋6。シャーロック」

「余計なことだ。いちばん嫌いな名前だ」

「お似合いですよ」

「おまえ、私が一線を退いてから生き生きしてないか？」

「そ、そんなことはございませんよ」

「フン、まあいい。いまあの娘は眠ってる。起きたら返すから」

「変なことはなさらないでくださいね」

「するか、馬鹿」

私は電話を切った。

問題は山積みだ。このところ周辺が騒がしい。何者かが、私の代わりにモリアーティを名乗り始めている。さっきの刺客もその偽モリアーティが遣わしたものだろう。そう言えば、あのきれい好きの清掃員中村《なかむら》が最近行方を晦《くら》ましたようだが、それも偽モリアーティと何か関係があるのだろうか？

岩藤すずは、そんな我が悩みに気づくはずもなく、すやすやと眠っている。

「君のことは私が守る」

彼女の失われた場所は、私の痛みと呼応している。だが、その理由は永遠に知られるわけにはいかないのだ。

「行かないで、シャーロック……」

私のいちばん嫌いな名前を、彼女は私に向かって言う。彼女が口にすると、私が子どもの頃から嫌ってきたそのいかにも訳知り顔の名探偵の名も、わるくないように思えてしまうから不思議だ。

私は彼女の手を握って囁《ささや》いてやった。

「目覚めたら、オセロをしよう」

「やくそくだよ……」

「おけぴよ」

私はワトスンのもとを離れた。

それから、キッチンに立つと、彼女のために料理を作り始めた。できるだけ美味《おい》しいものを用意しよう。牡蠣《かき》に雷鳥を一つがい。それとデザートもあったほうがいいか。どんな悪い夢を見ていても、たちまち忘れられるような、とびきり上質な味わいのものを。

これにて物語は、幕を閉じる。

夜がやってくると、シャーロックはワトスンを抱き上げ、岩藤家の屋敷へと送り届け、ふたたびB街に舞い戻った。

彼は妻に先立たれてから、いつも一人きりだった。今も、ワトスンさえいなければ、変わらず一人きり。

B街には昼も夜もない。

ここは時間から忘れ去られた場所である。

そもそも彼がB街を創り上げたのは、亡き妻のためだった。妻は英国人で、その姓名を「エリカ・ホームズ」という。彼女の祖父は、コナン・ドイルの友人だったらしい。どうやらドイルは友人をモデルに探偵小説を書いていたようだ。

英国でエリカを見初めたシャーロックは、ホームズの一族の反対に遭い、駆け落ち同然で妻をこの国に連れてきたのだった。

以来、彼は「ホームズ」という苗字を忌み嫌っている。それゆえ、彼はシャーロックと呼ぶことはぎりぎり許しても、ホームズと呼ぶことだけは許さないであろう。

B街は音ひとつしない。だが、ここを歩く時、いつもシャーロックは考えている。この世界が終わっても、この眺めは変わらないのだ、と。自分が死んだあとも、同じがらんとした眺めがあるだけだ。

やがては自然の力学が、建築物を駆逐していくだろう。その時こそ、自分の罪は本当の意味で許されるのかも知れない。

だが、今のシャーロックはこのような虚無の観念の塊というばかりでもない。B街221番Bに戻ると、部屋の中にはデザートに用意した甘いいちじくのコンポートの匂いもまだ残っている。帰りがけ、屋敷の前で目覚めたワトスンに「明日《あした》はパーティーに来てね」と誘われた。行かぬつもりだったが、もしも偽モリアーティが現れたら、と考えると気が気ではない。

そんなわけで、やれやれと頭を掻《か》きながら、シャーロックは明日着ていく服などを検討し始めている。

深い傷口は、穴となって風化しても、穴は閉じられない。

だが、それでいいのだ。

パイプに火を灯《とも》し、深い穴に煙を送り込めば、優美なロンドンの霧ができる。その霧は、醜い風景を遮り、長く険しい人生のただ一つの供となる。

「さあ行こうか、ワトスン君。私が君の左目だ」

あとがき「〈化け犬〉の物語、あるいは物語の中の〈化け犬〉」

およそミステリ作家と名乗る者であれば、「ホームズ物をやってみませんか」と言われて、嫌です、などと答えたりはしないだろう。そこに対するリスペクトの度合いはさまざまなれど、それはロックバンドがビートルズを一曲カバーしてくれないかと言われるようなもので、依頼自体が光栄なことでもあるからだ——とこれは建前。

本音を言えばね、そりゃあ断りたい。だって、コナン・ドイルがあんなに面白い探偵小説をいくつも作っているのに、その面白過ぎるふんどしを使って、それよりも面白くないものを作ったって誰も喜ばないし、ドイルより面白いものを作れるとしたら、それは一つ歴史を作り出すに等しい大偉業なわけだ。そんな大偉業が一朝一夕にできるわけがない。

そんなわけで、この勝負、リスクが高いわりに、勝率はきわめて低い。だから作者は断りたかったはずなのだけれど、気が付いたらどういうわけか引き受けていた。引き受けるだけならまだしも、プロットを作ってメールまでしてしまっていた。

そうして——企画が通った。さて困った。企画が通ったということは、書かねばならないということだ。なぜ自分はホームズ物を書くだなんて約束してしまったのか。

懊悩《おうのう》すること数秒。思いついたのは、まずシャワーを浴びようということだった。パニックになりかけた時は、熱いシャワーを頭から浴びるにかぎる。思ったとおりだった。浴室から出る頃には問題は豆粒くらいに小さく縮んでいた。

なに、堅く考える必要なんかない。シャーロック・ホームズといったって、舞台は現代だし、実際のホームズではなくて、ワトスンになりたい女の子が、路上生活者を勝手にシャーロックと呼んでバディにしてしまうだけのことじゃないか。ホームズ物のパロディとしては、かなりの亜種には違いない。異端なのだから、堂々とへんてこな物語をやればいいのだ。

と、そこまで意気揚々と考えて、すぐにまた気が重くなる。ホームズ物で異端を目指すというのも、これ結構じつはハードルが高いではないか。何しろ、本家本元がかなりの異端中の異端だから。薬物依存、アルコール依存、ニコチン依存で、しかも朝寝坊常習犯というダメ人間ぶり。世が世ならワイドショーで顰蹙《ひんしゅく》を買うキャラクターだ。

もっとも、『緋色《ひいろ》の研究』なんかを読むと規則正しい生活をしているみたいなことが書いてある。けれども一方で、『バスカヴィル家の犬』では朝珍しくホームズが起きているとワトスンが驚いているわけだから、「規則正しい生活者としてのホームズ」というのは、ワトスンの第一印象に過ぎないだろうなという気がする。

シャーロック・ホームズという探偵は、登場からすでに異端の限界値を叩《たた》き出している。

これほどの破天荒ぶりを超える型破りなんて、もうあとは泥棒人殺し上等の大悪党探偵にでもなるよりほかあるまい。

そんな極北にしてスタンダードなホームズをどう料理したのか。お読みになられた方はもうお分かりだろう。最後に特別な「秘密」をご用意した。

この物語は、シャーロック・ホームズの聖典とは一切無縁の、現代の東京上野《うえの》で始まるし、登場人物たちも先ほど述べたように、ホームズやワトスンの生まれ変わりなんかではない。そういう意味で本書は、厳密な意味でのパスティーシュやパロディには属さない。

しかし、自分を現代のワトスンと信じる受験生、岩藤《いわとう》すずは、脳内に思い描くホームズ像に酷似したホームレスを見つけだし、その男をシャーロックと呼ぶ。したがって、ホームズ物のスピリットはやや斜めにではあるが、この物語においても内在していると言えるだろう。

家をもたぬシャーロックの八面六臂《はちめんろっぴ》の活躍によって、〈化け犬〉にまつわる事件が解決に向かうという構成は、もちろん『バスカヴィル家の犬』を意識したものだが、ベースにしたとは口が裂けても言えないほど内容は異なっているので、本書を読んで『バスカヴィル家の犬』もこんな話なのか、などとは思わないでもらいたい。

目指したのは、ホームズ物の固有の、根源的な求心力の現代的再現だ。化学薬品と煙草の煙の匂いの染みつくベイカー街221番Bの稚気と機知を、現代東京に召喚したかった。

そのために、実際に上野に地下都市を創り上げることになってしまったので、もしも都知事に見つかったら「たぶん、バンクシー」と思って見逃してもらいたい。

ホームズ物を読んでいると、作品自体の魅力の外側に霧が漂っているようにいつも感じる。その霧こそが、求心力となってもいるのではないか。今回、自分でもその〈霧〉を作り出せないかと格闘した。最後に仕掛けた「秘密」は、本作の〈霧〉かも知れない。あの〈霧〉を生み出したことで、初めて〈霧〉の向こうにいる巨大な――作中に登場する〈化け犬〉とはべつの意味での――〈化け犬〉の存在、〈物語の化け犬〉に気づくことができた。その〈化け犬〉を捕まえるために、ゆったりと全体を語れる語り手を用意し、透明な手綱を握らせた。〈化け犬〉は縦横無尽に駆け巡る厄介な存在だったが、こうして〈あとがき〉があるということは、どうにかその鼻先から尻尾《しっぽ》までを捉《とら》えることができたということだ。

さてさて、ワトスンに憧《あこが》れる岩藤すずの物語はこれで幕を閉じた。だが、今度はあなたの脳内にワトスンが、あるいはシャーロックが移り住んだかも知れない。馬鹿らしいだろうか。作者はそうは思わない。なぜなら、この数ヵ月というもの、作者の頭にはたしかに脳内ベイカー街が築かれていたからだ。そして、一度脳内ベイカー街をもった者は、たとえ九州にいようが北海道にいようが、それを持つ前の世界に戻ることはできないのだ。

そこには、居心地のいいソファに暖炉もある。さあ、食べ物の用意はよろしいだろうか？　フラスコで沸かす珈琲《コーヒー》は、そろそろ芳しい香りを漂わせる頃合いだ。

【参考文献】

『シャーロック・ホームズの冒険』コナン・ドイル、延原謙訳／新潮文庫
『緋色の研究』コナン・ドイル、延原謙訳／新潮文庫
『バスカヴィル家の犬』コナン・ドイル、延原謙訳／新潮文庫
『恐怖の谷』コナン・ドイル、延原謙訳／新潮文庫
『シャーロック・ホームズの思い出』コナン・ドイル、延原謙訳／新潮文庫
『シャーロック・ホームズ百科事典』マシュー・バンソン編著、日暮雅通監訳、ジョン・ベネット・ショウ序文／原書房

富士見L文庫

ホームレス・ホームズの優雅《ゆうが》な0円推理《えんすいり》

森《もり》　晶麿《あきまろ》

2019年6月15日　初版発行

発行者　三坂泰二
発　行　株式会社 KADOKAWA
〒102-8177　東京都千代田区富士見2-13-3
電話　0570-002-301（ナビダイヤル）

印刷所　株式会社暁印刷
製本所　株式会社ビルディング・ブックセンター
装丁者　西村弘美

定価はカバーに表示してあります。　◇◇◇

●お問い合わせ
https://www.kadokawa.co.jp/（「お問い合わせ」へお進みください）
※内容によっては、お答えできない場合があります。
※サポートは日本国内のみとさせていただきます。
※ Japanese text only

ISBN 978-4-04-073195-7 C0193

僕が恋したカフカな彼女

著／森 晶磨　イラスト／カズアキ

「君をカノジョにするチャンスをくれ」
「なら――カフカにおなりなさい」

「何、この誤字脱字だらけのダブンは」架能風香への恋文は見事に散った。フランツ・カフカを敬愛する彼女にふさわしい男になるため、深海楓は急遽小説家を志す。そして彼女の洞察力を目の当たりにすることになる――。

富士見L文庫

文豪Aの時代錯誤な推理

著／森 晶麿　イラスト／カズアキ

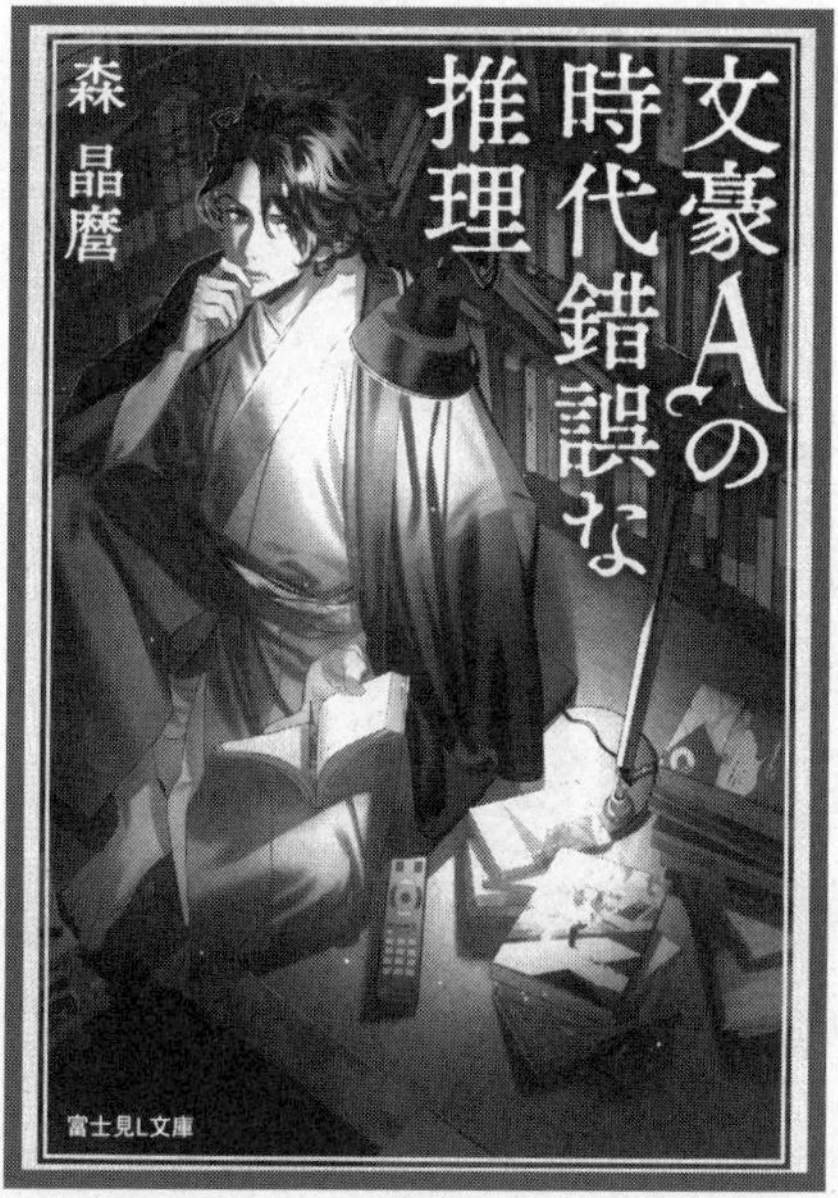

「羅生門現象」だと!? 名誉毀損だ！
現代に蘇った文豪、探偵となる!?

自死を遂げたはずの龍之介は、羅生門の下で目覚めた。門を通じて事件を目撃した龍之介は、現代の田端に茶川龍之介として蘇る。羅生門現象と呼ばれる事件を食い止めるため、一人の女性を救うため——彼は推理する！

富士見L文庫